대영제국에서
작가로
살아남기

대영 제국에서 작가로 살아남기 5

초판 1쇄 발행 2023년 12월 22일

지은이 ㅣ 고스름도치
발행인 ㅣ 최원영
편집장 ㅣ 이호준
편집디자인 ㅣ 한방울
영업 ㅣ 김민원

펴낸곳 ㅣ ㈜ 디앤씨미디어
등록 ㅣ 2002년 4월 25일 제20-260호
주소 ㅣ 서울시 구로구 디지털로 26길 111 JnK디지털타워 503호
전화 ㅣ 02-333-2513(대표)
팩시밀리 ㅣ 02-333-2514
E-mail ㅣ papy_dnc@dncmedia.co.kr
블로그 ㅣ blog.naver.com/gnpdl7

ISBN 979-11-364-5053-1 04810
ISBN 979-11-364-4732-6 (SET)

※ 저자와 협의하여 인지는 붙이지 않습니다.
※ 이 책은 ㈜ 디앤씨미디어(파피루스)가 저작권자와의 계약에 따라 발행한 것으로 본사와 저자의 허락 없이는 어떠한 형태나 수단으로도 내용을 이용할 수 없습니다.

대영제국에서 작가로 살아남기

고스름도치 대체역사 장편소설 5

PAPYRUS FANTASY HISTORY OF ALTERNATION

1장. 납 중독 · 7

2장. 다음 시대의 평화 · 43

3장. What Men Live By · 69

4장. What Men Live For · 107

4.5장. 장미와 늑대 · 133

5장. 개교 · 151

6장. 시시해서 죽고 싶어진 나비 · 187

7장. 부활 · 225

8장. 계관시인 · 261

9장. 고요한 아침의 나라 · 297

납 중독

 사람이 다른 사람에 대한 평가를 한순간에 뒤집는 게 가능한가?
 난 단언할 수 있다.
 가능하다고.
 물론 거기에는 그 평가가 가능하면 막연할수록, 그러니까 직접적인 이해관계가 없어야 한다는 전제 조건이 붙는다.
 그런 이해관계가 없는 상황에서 생성된 호감도, 혹은 비호감도는 얇고 애매한 거거든.
 그러니까.
 "그냥 '영국 좋아요!'라는 얘기만 해 줘도 톨스토이에 대한 인지도는 뒤집힐 겁니다."

런던의 따뜻한 기후를 칭찬한다거나, 피시 앤드 칩스를 먹으면서 '진정한 농민의 음식'이라면서 영국 음식을 칭찬한다거나, 그도 아니면 영국의 의회정치를 칭찬하게 만든다거나…….

안다. 무리수라는 건 안다. 하지만 대충 예시니까 그냥 넘어가 주세요.

하여튼 중요한 건 이마를 탁 치며 "영국 스고이!"같은 걸 하게 만드는 거다.

어차피 지금 영국 사람들이 톨스토이를 반대하는 건 톨스토이에 대해 잘 모르기 때문이니까. 그냥 러시아 슬라브인으로만 알고 있기 때문이니까.

그리고 우린 그걸 대대적으로 보도하는 거지.

보도 자체는 조지 늎스 출판사의 잡지와 신문을 통하면 되니까 쉽다.

"흐음…… 그리고?"

여전히 애매하다는 듯, 조지 맥도널드는 나를 보았다.

"그리고 뭐…… 공모전 수상작 추천사에 립서비스를 잔뜩 발라 주는 거죠. 벤틀리 씨의 말대로 톨스토이급을 뽑긴 어렵겠지만, 그 대단한 톨스토이의 영향을 받았다거나, 그 수준으로 성장할 가능성이 보인다든가."

가장 좋은 건 톨스토이가 직접 우리 공모전 시상식에서 시상자로 등장한다거나, 아니면 추천사를 써 주는 거겠지만…… 그건 역시 무리겠지?

아무튼 그런 식으로 톨스토이의 인지도를 긍정적인 방향으로 바꾸고, 우리는 거기에 얹어 탄다.

"……대중이 그렇게 쉽게 마음을 바꾸겠나?"

"어지간하면 사람은 자기를 좋아해 주는 사람을 좋아하니까요."

나는 다시 한번 아서 코난 도일을 보았다.

셜로키언에게 질색을 하던 사람이었지만, 결국 그들을 위해 다시 셜록 홈스를 쓰고 있는 사람 아닌가.

아서 코난 도일 역시 그 뉘앙스를 알아들었다는 듯, 멋쩍게 헛기침을 하며 턱짓했다.

예, 예. 계속 얘기하겠습니다.

"물론, 이건 전적으로, 톨스토이가 우리 말을 들어 준다는 전제하에 나오는 결론입니다. 하지만…… 톨스토이 그 양반이 얼마나 반골인지는 우리도 잘 알잖습니까."

톨스토이 명언 중에 '부자가 되는 방법'이라거나, 부 자체를 긍정적으로 본 명언이 얼마나 있는지 보자.

그 양반은 그냥…… 기독교에 진심이라 빨갱이가 안 된 거지, 경제학적으론 크게 다를 바 없는 찐 크리스천-아나키스트다.

천국에 들어가야 하니 부자들이 전부 권력과 부를 내려놓고 복지에 써야 한다고 주장했다니까? 명언 중엔 진심으로 부자를 혐오하는 명언도 굉장히 많다.

본인이 굉장한 부자에 귀족 출신임에도 그런 소리를 진

납 중독 〈11〉

심으로 했던 걸 생각하면 정말 대단하지.

그리고 그걸 여기 있는 모두가 알고 있다.

"결국 고양이 목에 방울, 아니 호랑이 목에 괘종을 누가 다느냐가 문제인 게로군."

그래서 내 말에 아서 코난 도일은 물론, 맥도날드 대표와 두 출판사 사장도 입을 다물었다.

오직 조지 버나드 쇼만이 짙게 웃음을 피워 올릴 뿐이었다.

"흠, 좋아. 그러면 그 일은 내가 맡아 보겠소."

"버나드, 괜찮겠소?"

"이 중에서 그나마 말이 통할 사람이라면 우리 페이비언 협회밖에 없지 않소?"

으음. 역시 빨갱이 아저씨야.

다른 방향의 반골이지만 반골 성향 강한 동류끼리 뭔가 통하는 게 있긴 한가 보다.

"거, 틀린 말은 아니구먼."

불같은 성격의 조지 눈스조차 투덜거릴지언정 반박은 할 수 없었다. 어쨌든 여기서 제일 부자인 양반은 저 양반이지.

"뭐, 사실 우리도 확실하게 말이 통한단 보장은 없소. 다만 러시아에서 활동하기 제일 좋은 게 우리인 건 확실하지."

"그렇긴 하죠."

보자, 지금 러시아가 브나로드인가, 시나브로인가 하는 운동이 실패로 끝나고 혁명가들이 활동할 시기던가? 거 왜…… 나중에 엠버밍되는 공산 파라오 레닌 같은 양반들 말이다.

으음…… 확실히 입에만 담아도 불쾌하긴 하고만.

버나드 쇼나 네스빗 여사까지는 그냥 온건 사회주의자인데다, 이 타이밍에 인종 차별을 하지 않는 대중 문학가가 그 양반들 정도다 보니 안면 트고 지내고 있다.

하지만 레닌이나, 나중에 나올 시뻘갱이 아이언맨은 그냥 독재자들 아닌가.

내 개인적으로도 20대 초반을 간접적으로 조져 버린 원수들이기도 하니, 한국인 몸뚱어리를 그대로 가진 나로선 괴에에엥장히 불편한 인간들일 수밖에 없다.

그러나 어쩌겠냐.

지금 이 타이밍엔 이 줄 말곤 톨스토이에게 우리 의사를 전달할 수 있는 끈이 굉장히 부족한데.

물론 조지 왕세손을 통하면 어느 정도 닿긴 할 거다. 왕세손이 지금 러시아 황제인 니콜라이 2세의 외사촌이니까. 이 니콜라이 2세가 그 아나스타샤 공주의 아버지, 러시아 최후의 황제 니콜라이 2세 맞다.

…… 즉, 끈이라고 해도 저쪽으로 넘어가면 그냥 썩은 줄이라는 거지.

애초에 그 예카테리나 여제도 대차게 깐 게 톨스토이인

데, 니콜라이 2세 줄로 가면 퍽이나 받아 주겠네.

아무튼 그렇게. 러시아로 넘어가서 톨스토이와 접선하는 건 버나드 쇼가.

왕립 문학회의 괴물 신인을 알아내는 건 눞스 씨가 맡기로 했다.

흐음, 일단 이대로 기다리기만 하면 되나. 하긴 러시아까지 가는 것보단 낫긴 하지.

"참, 그러고 보니 한슬."

"예, 선생님."

그리고 회의를 마치고, 서서히 자리를 파하는 분위기.

아서 코난 도일이 내게 다가와 어딘가 난처한 얼굴로 말을 걸었다. 뭐지? 뭔 일이길래?

"혹시 지난번 초대 이야기이신가요? 그거라면 언제든지……."

"아, 그것도 있긴 한데 지금은 아닐세. 실은 자네에게 자문을 구하고 싶다는 사람이 있네."

"자문이요?"

나는 자문이란 말에 떨떠름한 기색을 감출 수가 없었다. 이건 아서 코난 도일이라고 해도 어쩔 수가 없었다.

그도 그럴 게, 지난번 뢴트겐선 발견 이후로 내가 좀 많이 시달렸거든.

벤틀리 출판사뿐 아니라 눞스 사로도 요청이 왔으니 정말 피곤하다.

새삼 아서 코난 도일이 스코틀랜드 야드에게 시달린 게 얼마나 많을지 짐작이 갈 정도였으니 원.

"미안하네. 하지만 나도 거절하기 어려웠다네. 내 은사께서 가져오신 이야기라."

"예? 선생님의 은사요?"

내가 아는 아서 코난 도일의 은사라면…… 분명 그 사람이다.

에든버러 의과대학 외과 전문의사이자 수사과학의 선구자, 조지프 벨(Joseph Bell).

내가 소설가도 아닌 의사를 왜 아느냐고 묻느냐면, 그야…….

"셜록 홈스의 모티브가 되었다는 그분인가요?"

"응? 자네가 그걸 어떻게…… 뭐, 크게 틀리진 않네. 셜록의 수사과학 기법은 그분의 의학적 견해에서 많이 차용했으니."

역시나. 나는 고개를 끄덕이며 감탄했다. 과연, 그런 분이라면 거절하기 힘들 만하지.

"그분은 에든버러 왕립학회에 속해 계시는데, 그 학회에서 자네에게 자문을 구하고 싶은 사람이 있다는군. 물론 부담스러우면 거절해도 되네."

"으음…… 아뇨, 선생님의 은사님이시잖습니까. 일단 들어는 보겠습니다."

"그래 주면 나야 고맙지."

그제야 코난 도일 선생님이 옅은 미소를 지으며 안심한 표정을 지었다.

"그래서, 무슨 자문인데요?"

"납."

"……예?"

"납 중독에 관한 자문일세."

아니.

그게 왜 지금 터져요?

* * *

"우, 우에에엑-!!"

이제 겨우, 일고여덟 살 정도 될법한 아이가 바닥을 구르고 있었다.

대리석처럼 창백하던 그 얼굴은, 이젠 완전히 시퍼렇게 변해 있었다.

"맙소사, 스티브! 스티브!"

아이의 어머니, 페튜니아 빌리어스가 경악하여 소리쳤다.

요 며칠, 안 그러던 아이의 상태가 급격히 나빠지더니 기어이!

그때였다.

"숙모님, 잠시 나와주십시오."

"비, 빈센트⋯⋯."
"더 토하게 만들어야 합니다."
 이게 무슨 소리인가, 안 그래도 힘겨워하는 아이한테.
 하지만 빈센트는 아랑곳하지 않고, 일곱 살배기 스티브 빌리어스를 안아 배를 쓸고, 가죽 장갑을 낀 손을 집어넣기도 하는 등, 등을 두드리며 스티브의 구토를 이끌었다.
 저러다 애 잡는 거 아닌가? 페튜니아가 항의조차 못 하고 울상을 짓던 그때였다.
 어린 스티브의 입속에서 고무 같은 무언가가 튀어나왔다. 그리고.
"끄, 끄윽⋯⋯ 어, 엄마⋯⋯!"
"스티브⋯⋯! 스티브!"
 아이가 조심스럽게나마 입을 열었다. 페튜니아 빌리어스는 아이를 끌어안고 펑펑 울었다.
 빈센트가 그 모습을 울적하게 보고 있을 때였다. 페튜니아 빌리어스의 집사가 조심스럽게 그 고무 형태의 무언가를 집어 들더니 물었다.
"빈센트 도련님, 이게 무엇인지 알고 계셨습니까?"
"알지요."
 빈센트는 '더럽게 잘.'이라는 말을 속으로 삼켰다.
 전생의 어린 시절, 그것을 먹다가 미쳐 버리고, 끝내 하얀 잇몸을 드러내며 죽어 버리곤 했던⋯⋯ 빈민가의 동료들이 망막을 스쳐 갔다.

"납이 든 페인트 덩어리입니다. 껌 같은 질감에 납 특유의 단맛이 나서 빈민가 어린아이들은 간식거리로 씹곤 하죠."

"나, 납이라고요!?"

납이라면, 그 로마 제국을 내부에서 무너트린 독성 중금속 아닌가.

빈민가 아이들이나 할 법한 그걸 대체 왜? 스티브 빌리어스와 같은 귀족의 후예가 입 안에 넣고 삼키기까지 했단 말인가?

게다가.

'빈센트 도련님은 대체 이걸 어떻게 아셨던 거지?'

그런 의문을 집사가 묻기 전에, 빈센트 빌리어스가 먼저 물었다.

"그러고 보니 집사님, 집에서 못 보던 접시나, 촛대 장식품이 좀 많아졌던데요."

"아, 예."

"그거, 누가 보냈습니까?"

"무슨 말이니, 빈센트."

아이를 쓰다듬던 페튜니아가 빈센트 빌리어스의 말을 끊었다. 빈센트는 어깨를 으쓱이며, 페튜니아를— 정확히 말하면.

그 품에 안긴 아이를 보았다.

그리고.

"스티브."

빈센트는 엄마를 끌어안고 펑펑 울고 있던 외사촌 동생, 스티브 빌리어스에게 말을 걸었다.

"으, 으응. 형."

"이 껌은 누가 줬니?"

"그, 그러니까."

스티브가 몸을 떨었다. 생각하기 어렵단 거겠지.

하지만 이내, 어린아이는 빈센트가 원하는 답을 내놓았다.

"그— 그레고리 아저씨……."

그레고리 빌리어스.

비틀린 웃음을 지은 빈센트는 고개를 끄덕이며 집사를 보았다.

"장식품을 보낸 사람도, 같은 사람이지요?"

"그, 그렇습니다."

"전부 다 버리세요. 금도금이 되어 있긴 했지만, 안쪽은 납이었습니다."

허억—

집사는 숨을 들이켰다.

그 말에 고모, 페튜니아 빌리어스의 눈이 섬뜩하게 번뜩였다.

"집사."

"예, 예. 마님!"

"스티브를 데려가. 제대로 된 밥을 먹이고, 빈센트 말대로 장식품도 다 내다 버려."

"알겠습니다!"

지친 스티브를 안은 집사가 사라졌다. 둘만 남은 자리에서, 페튜니아 빌리어스.

결혼 전, 페튜니아 드레이크— 대영 제국의 유명한 해군 가문이자, 현직 해군 경(First Naval Lord)의 딸이 빈센트 빌리어스를 쏘아보며 물었다.

"빈센트."

"예. 숙모님."

"내 아들을 살려 줬으니, 원하는 걸 말해 봐."

"익숙한 이야기지요."

목숨에는 목숨으로.

빈센트 빌리어스는 손을 내밀며 말했다.

"그레고리 빌리어스의 목숨을 거두고 싶습니다. 도와주시겠습니까?"

그 자리에서. 두 사람의 복수자가 손을 잡았다.

* * *

버킹엄 궁전.

"그래. 작가 연맹에서 그런 이야기가 나왔다고."

"예, 여왕 폐하."

고개를 숙이며 보고하는 레이스 대위의 말에, 빅토리아는 저도 모르게 피식 웃었다.

상대의 계획을 역이용해 국위를 선양하고, 오히려 그 주목도를 빼앗아 오자라.

'상당히 재미있는 수작도 부릴 줄 아는가.'

매끄럽지는 않다. 하지만 정치인이 아닌, 최대한 대중들에게 좋은 면만 보여야 하는 작가 연합의 입장에서 보면…… 이 이상의 부드러운 방법이 없는 것도 사실일 것이다.

'대중의 입맛이라는 것도 참, 까다롭기도 하군.'

차라리 귀족 입맛을 채워 주는 게 편할 것 같다. 제일 중요한 소수 몇만 만족시키면 그 밑의 것들은 알아서 채워 오지 않는가.

"그래서, 버나드 쇼는 러시아로 출발했나?"

"그제 새벽, 칼레행 상선에 올라탄 것을 확인했사옵니다."

"그다지 멀리 가진 못했겠군."

중얼거리며, 여왕은 고개를 끄덕였다.

"주러시아 영국 대사관에 연락하여, 최대한 편의를 봐 주라 이르라."

"편의…… 를 이르시옵니까."

"개인은 불쾌하고 무엄한 놈이긴 해도, 최소한 작가 연맹은 왕립 문학회처럼 내 이름을 도용하진 않았으니."

빅토리아는 심술궂은 웃음을 지으며 말했다.

아무리 그녀가 보수적이더라도, 그리고 한슬로 진 개인의 팬이라 하더라도 그녀는 이 정치판에서 평생을 보낸 노괴, 어느 한쪽이 완전히 우위를 점하는 것을 원하지 않았다.

두 단체가 서로 싸우면 싸울수록, 대영 제국의 문예 산업은 점점 발전할 테니까.

하지만 그것과 별개로.

'감히 내 이름을 멋대로 쓰다니.'

제 이름을 멋대로 도용한 것엔 조용히 분노할 수밖에 없었다.

심지어 그걸 경애와 존경을 담은 거라면 모를까, 고작 계책이랍시고 쓴다?

고작 체스 말 주제에, 어딜 감히 주인의 이름을 멋대로 쓴단 말인가.

원래라면 불벼락을 내려 줄 생각이었다. 감히 제 위치를 모르고 날뛰는 녀석들에게 손수 제 위치를 알려 줄 예정이었으나⋯⋯ 생각보다 작가 연맹 측의 대응이 빨랐다.

심지어 생각보다 재미있어 보였다.

'이렇게 되면 확실히, 취소시키는 쪽보다 좀 더 구경해 보는 게 좋겠군.'

여왕은 그럴듯한 경기가 계속 이어지는 것을 원하는 까탈스러운 관객.

애초에 의회의 능구렁이들이 서로 물어뜯는 것만 보다가, 왕립 문학회와 작가 연맹이 열심히 용을 쓰는 모습을 보면…… 이건 이거대로, 참으로 귀엽다는 생각이 안 들 수가 없다.

"그러면, 한슬로 진은 어떻게 대처하고 있지? 그저 기다리고만 있나?"

"그것이…… 묘하옵니다."

"무슨 말인가."

"그것과는 별개로, 갑자기 납 사용 규제 법안에 이름을 올렸사옵니다."

"……뭐?"

납?

빅토리아 여왕은 의아해하며 되물었다.

대체 왜 거기로 튀는 거지?

* * *

나도 처음엔 이해하지 못했다.

아니, 내가 납을 암살 소재로 쓰긴 했지만, 납이 유해하다는 건 알만한 사람들은 이미 알고 있던 사실 아닌가? 그런데 대체 왜 거기서 굳이 내가 필요해?

그러나 아서 코난 도일이나, 과학계와 연관이 있는 작가 연맹의 SF 작가들을 통해 전해 들은 얘기로, 이건 결코 그렇게 가벼운 이야기가 아니었다.

 사태의 근원은 지난번 빌헬름 뢴트겐이 X선을 발견했을 때로 되돌아간다.

 ―찾아라! 비밀의 열쇠!!
 ―뭐 하나만이라도 제대로 뜬다면……!
 ―우리도 뢴트겐처럼 대박 하나만 건지자!!
 1890년대, 벨 에포크 말기.

 과학 발전이 눈부시게 발전한 시대임에도 불구하고―

 아니, 오히려 그렇기 때문에 과학자들은 더욱 많은 명성과 더욱 많은 '업적작'을 위해 눈을 켜고 인류의 지식에 대한 공백을 찾기 위해 애쓰고 있었다고 한다.

 대표적인 케이스가 바로 러시아의 드미트리 멘델레예프가 1870년 전후에 고안한 원소 주기율표다.

 수헬리베붕탄질…… 로 시작하는 그거 맞다.

 아마 자기가 직접, 아니면 학원에서 친구들이 정신 나갈 것처럼 중얼거리면서 외우는 것을 한 번쯤 봤을 만한 바로 그거.

 문과인 나는 그게 그냥 나열 순서 아닌가 가볍게 생각했지만, 그 순서는 단순한 순서가 아니라, 원소 입자에 들어 있는 양성자를 비롯한 화학적 특성에 따라붙인 것이기 때문에 일종의 조합 표에 가깝단다.

 그래서 원소 번호 43번을 비롯한 구멍이 많았던 거고.

 이런 식으로, 19세기 후반에는 제대로 채워지지 않은

과학의 공백이 많았고, 과학자들은 이걸 채우고 무한한 영광과 명성을 얻기 위해 노력했다.

문제는, '어떻게?'였다.

원소 발견은 그나마 주기율표라는 '예상 답지'라도 있지, 그 외 분야는 이렇다 할 가이드라인이 거의 없는 분야가 많았으니까.

그런 와중에 내가 쓴 〈던브링어〉를 통해 X선이 발견되었다는 예시가, 과학자들에게는 방향에 대한 지푸라기가 되었다…… 고 한다.

으음…… 확실히 아무리 내가 문과라도, 미래인인 이상 알고 있는 게 다른 사람들보다 많긴 하니까.

납도 그 예 중 하나였다.

다만, 그 납의 유해성에 대해서는 이미 알고 있는 사람이 있었고.

"이 사람일세."

"으음."

나는 아서 코난 도일이 내민, 〈급성 및 만성 형태의 납 중독에 관하여〉라는 논문 제목과 그 논문이 쓰인 날짜, 그리고 저자를 보았다.

[1891년. 에든버러 왕립학회 회원, 토마스 올리버 (Thomas Oliver).]

납 중독 〈25〉

같은 에든버러 왕립학회의 의사이자 아서 코난 도일의 스승, 조지프 벨을 통해 내게 자문을 구한 사람이 바로 이 사람이다.

 19세기에도 납 사용을 개탄하는 이런 선구자가 있을 줄은 몰랐는데?

 "선생님, 선생님은 의사이시기도 하시잖아요? 그러면 납 중독에 대해서는 알고 계셨습니까?"

 "물론일세. 납은 물론이고 중금속 일부가 위험하다는 건 의학계에서도 경험적으로 알고 있는 사실이지. 하지만 그게 명확하게 납 때문인가, 아니면 다른 독성이 있는 물질 때문인가에 대해서는 연구가 필요했는데 그 연구가, 아무래도……."

 "아, 확실히."

 나는 고개를 끄덕일 수밖에 없었다.

 아무리 납에 대해 검증하고 연구해 보려고 해도 결국 인체실험인 데다가— 결과적으로 납 관련 기업들을 적으로 돌릴 수밖에 없으니까.

 현대라면 그게 그렇게까지 큰일인가? 싶을지 모른다. 하지만 납이 삶에 녹아 있는 지금 세상에서는, 그 자체로 어마어마한 힘을 지니고 있다. 안 들어가는 업종을 찾기가 더 어려운 수준이니.

 그런데.

 "자네 소설이 게임 체인저가 된 거지."

아서 코난 도일은 〈템플 바〉, 정확히 말하면 〈빈센트 빌리어스〉를 가리키며 말했다.

"납을 이용한 암살. 자네의 인기를 생각하면, 납 중독에 대한 대중적인 인식이 급격히 늘어나는 건 뭐…… 당연한 거 아니겠나?"

"……으음."

나는 떨떠름하게 고개를 끄덕였다.

'납이라…….'

확실히 문제는 문제지.

우리 집 메리가 애거사 크리스티고, 밀러 씨가 요절한다는 걸 알기 전에도 나는 되도록 매지나 몬티가 건강에 안 좋은 것들을 접하지 못하도록 면밀히 살피고 있었다.

어쩔 수 없잖아? 패리스 그린이라든지, 석면이라든지, 수은이라든지. 21세기에서 온 나는 굉장히 무서운데 일상적으로 쓰이는 물질은 수도 없이 많다.

앞으로 DDT나 라듐도 나오지? 정말 정상적으로 살기 어려운 세상이다.

그리고 나는 이게 전부 밀러 씨가 공기 좋고 환기하기 좋은 애쉬필드에서 살고 있고, 내 이야기를 전적으로 신뢰해 주고 있기 때문에 할 수 있는 조치라는 것을 알고 있다.

그런데 앞으로는 어떨까. 아이들이 앞으로 런던에서 살게 된다면? 일상에서 이런 독극물, 발암물질을 접하게 된다면?

웬만해선, 당연히 그런 일이 없었으면 좋긴 하겠는데…… 문제는.

"이거, 제가 적극적으로 나서도 되는 문제일지 모르겠네요."

"왜 그러나? 이제껏 재단이라든가, 학습 도서라든가. 이것저것 많은 이슈몰이를 했던 사람이."

"아니, 그거야 뭐…… 간접적인 자선 사업에 가깝지 않습니까."

앨리스와 피터 재단 같은 것도 뭐, 내가 하고 싶은 것도 분명 있긴 있다.

하지만 그 이전에 루이스 캐럴 선생님이 원해서 한 것에 가깝고, 어디까지나 재단에 돈을 넣고 있을 뿐이지 직접적으로 사회의 부조리를 청산하는 느낌은 아니다.

근데 이건 까닥 잘못하면 단순히 개인 사업의 이야기가 아니라 여러 가지로 얽히기 좋은 이야기란 말이지…… 아무래도 조심스러울 수밖에 없는 것이다.

팔짱을 끼고 고민하는 나에게, 아서 코난 도일이 파이프 담배에 불을 붙이며 말했다.

"뭐, 자네 마음은 나도 이해가 가네. 나도 홈스를 쓰면서 시사 관련 이야기를 쓰지 않았으니까."

"역시 그렇죠?"

"솔직히 대중 문학가 중에 정치랑 깊게 얽히고 싶은 사람이 어디 있겠나. 아, 버나드 쇼 같은 친구들이야, 작가이긴 하지만 본질은 언론인에 가까우니까."

그들에게 있어 문학은 사상의 도구라는 아서 코난 도일의 말에는 나도 고개를 끄덕였다. 참여문학(參與文學), 저항문학이라는 건 그런 식으로 발전해 온 거지.

메인 컬쳐에 대한 반역. 굳이 붙이자면 안티-메인 컬쳐랄까?

반면 대중문학, 특히 서브컬쳐는 근본적으로 두루뭉술하다.

철저히 대중예술이고, 대중의 관심 외에는 아무것도 없다.

그런데 대중은, 대중이라고 두루뭉술하게 말하긴 하지만 어떤 성향을 공유하는 이익집단이라고 보기 어렵다.

대기업에서 월급 받는 샐러리맨도 대중이고, 하루하루 벌어먹는 막노동자도 대중이다. 집에서 여우 같은 마누라와 토끼 같은 자식이 기다리는 가장(家長)도 대중이며, 우리 몬티 나 매지 같은 10대 학생도 대중이다.

이를 본능적으로 알았기 때문에, 아서 코난 도일과 같은 장르문학의 선구자들은 물론, 21세기의 웹소설 작가 중에 자기 정치색을 대놓고 드러내는 작가는 드문 편이다.

아니, 드러낸다 해도 자기 작품에서는 절대 드러내지 않는다.

거기에 동지애를 느끼며 따라오는 독자들이 있다면, 적대감을 느끼며 멀리하는 독자들도 있을 테니까.

'게다가.'

이번 일로는 기업가들이 붙을 것이다.

아까도 말했듯, 이 시대의 납 관련 기업은 현대를 생각하면 곤란하다.

정말 삶의 모든 곳에 들어가기 때문에, 정말 많은 업계가 얽힌다.

대충 이거 하나로 석유화학과 설탕, 기호 식품업계가 그레이트 합체를 할 소재라고 할까.

농담 삼아서 말하는 연구 결과를 조작한 논문을 이용해서 대대적인 광고를 통해 대중을 선동하는 빅브라더 같은 도시 전설 같은 그거.

그것도 납 관련 카르텔에서 진즉에 했던 거다. 반박 논문을 냈던 사람 하나를 아예 묻어 버리려고 했지.

아마 당시 미국 정부의 도움이 없었다면 정말 애먼 사람 하나가 멕시코만에 가라앉았을지도 모르는 이야기다.

참여문학 작가라면 모를까, 대중문학 작가가 대놓고 맞서기엔 부담스러운 존재라는 뜻이지.

그때 아서 코난 도일이 내게 한마디 붙였다.

"만약 자네가 껄끄럽다면, 내가 대신 나서도 상관없네."

"예?"

나는 담배를 뻐끔뻐끔 피우고 있는 아서 코난 도일을 보았다.

"선생님이 왜요?"

"뭐, 일단은 나도 의사이긴 했고…… 슬슬 우리 메리가 학교 다닐 때가 돼서 말일세."

"예? 메리가요?"

"밀러 씨네 메리 말고, 내 딸 메리 도일 말일세."

아차. 그러고 보니 아서 코난 도일의 첫째 딸 이름도 메리였지.

우리 집 메리보다 한 살 위의 귀여운 아이였다.

"솔직히 말하면, 자네 글을 보고 나도 가슴이 철렁했지. 왜 아니겠나? 나도 의사로서 아이들을 납 같은 위험 물질에서 멀리 떼어 놓긴 했지만…… 초등학교 같은 곳에선 어쩔 수 없이 접하고 있었을 텐데 말이야."

"그, 선생님의 잘못은 아니지 않습니까."

"그렇다 해도, 내 아이들에게 납투성이 런던을 물려줄 순 없다고 생각하네."

굳은 얼굴로, 아서 코난 도일은 그렇게 말했다.

"그러니 너무 부담 갖지 말게. 자네가 빠져도, 내가 대신하면 되니까."

"……에휴, 그럴 수야 있겠습니까."

저렇게까지 말하는데 긁어 부스럼 만든 사람이 뒤로 뺄 수는 없긴 하지.

게다가.
"저도 함께하지요."
이쪽으로는 아마 내가 아는 게 더 많을 테니까.

* * *

"일단, 목표부터 확실히 정합시다."
"목표라……."
"아무리 법을 바꾼다 한들 지구상에 있는 납을 전부 없애는 건 불가능하잖습니까."
"그야…… 그렇지."
 의사로서의 아서 코난 도일도 고개를 끄덕이며 떨떠름하게 동의했다.
 납은 유독하다. 이는 부정할 수 없는 진실이다.
 그럼에도 사용되는 이유는, 굉장히 유용한 광물이기 때문이다.
 현대에서 유독성을 깨닫고 그 많은 규제가 들어갔음에도 끝끝내 사용할 수밖에 없는 것처럼 말이다.
 가장 간단하게는 탄환의 원재료로부터 시작해서 차량용 배터리, 심지어는 항공유에도 쓰이고 구리랑 굽는 데도 쓰인다.
 그런 만큼, 현대에도 이런저런 이유로 사건 사고가 끊이지 않았었지.

대표적으로는 2014년엔 미국 어느 시에서 돈 좀 아끼자고 상수도 공급원을 바꿨다가 수돗물에 납이 섞여 납 중독 피해자가 10만 명 남짓 생긴 일도 있다.
　말 그대로 미합'중국'스러운 일이었다. 이것 때문에 다음 미국 대선이 갈렸다는 이야기가 있을 정도니 말 다 했지.
　아무튼, 이런 일이 왜 생기느냐. 그건 결국 현대에서 보기에도 납은 대체하기 어려운 '돈 되는 물질'이기 때문이다.
　이런 것은 법이나 인명으로 호소한다고 되는 일이 아니다. 사람은, 특히 사업가라는 '생물'은 아직 자기 이득을 다른 사람의 목숨보다 중히 여기지 않으니까.
　그렇기에 우리는 조금 더 핀포인트로 규제 법안을 잡기로 했다.
　그렇게 정리한 사항은 결국 둘.
　첫째, 사람 입에 직접 들어가는 식품.
　둘째, 주거지에 너무 가까운 페인트.
　당장 대중에게 가장 직접적으로 와닿고 제일 급하게 처리해야 할 사항이었다.
　"그러면 한슬, 다녀오겠네."
　"조심해서 다녀오세요."
　그리고 이렇게 합의된 우리 의견을 가지고, 아서 코난 도일이 직접 에든버러로 올라갔다.

오랜만에 고향에도 갔다 올 생각이었기에, 은사도 찾아뵐 겸 왕립학회를 들를 계획.

자, 그럼 런던에 남은 나는?

"흐음. 납 규제 법안을 의회에 내고 싶다고."

"예, 안될까요?"

이럴 땐 당연히 밀러 씨지.

어쨌든 이런 일은 원래 다이렉트로 정치권에 의견을 꽂아야 얘기가 되고, 내가 아는 한 정치권에 가장 가까운 사람은 밀러 씨니까.

조지 버나드 쇼를 비롯한 페이비언 협회도 있긴 한데, 지금 노동당은 엄밀히 말하면 원외 정당이라 세력이 애매하고, 그 버나드 쇼 본인은 지금 러시아에 가 있으니까 말이다.

"일단 무슨 말인지는 알겠네. 식품과 페인트라, 확실히 그 정도면 다짜고짜 납을 규제하자고 하는 것보단 말 꺼내기 쉽겠군."

"긍정적으로 받아들여 주셔서 감사합니다."

"뭘. 자네가 꺼낸 얘기 아닌가. 게다가 애들을 위한 거라니, 나도 학부모로서 뺄 이야기는 아니지."

휴, 그래도 안 된다곤 안 해 주셔서 다행이네.

사실 다른 데도 아니고 정치권은 아무래도 여러 제약이 많으니까 말이다.

내가 아무리 가족 같은 관계라지만, 아니 오히려 그렇

기에 더 조심해야 하는 영역이기도 했다.

"그러면 보수당 중진들을 모아다가 파티나 한번 해 봐야겠군."

"예? 보수당이요? 좌파는 자유당이 아니었나요?"

나는 의아해서 물었다. 그러자 밀러 씨는 잠깐 놀란 눈을 하더니, 이내 고개를 저으며 말했다.

"그러고 보니 작가 연맹에는 노동당 쪽 인사가 많다고 했지. 거기서 이상한 소리를 들은 모양이구먼. 쯧, 이래서 빨갱이들이란."

"아니, 뭐······."

보수란 건 그런 거 아니었나. 작은 정부와 자유 경제를 외치는 그런 거.

그런데 명백히 그 틀을 깨는 작업을 보수당에게 말한다는 게 상식적으로 이해가 가지 않았다.

뭐지? 내가 뭘 잘못 알았나?

"뭐, 그들 입장에서 보면 생산수단을 가진 유산계급(부르주아)이야말로 기득권이긴 하겠지. 다만 정계 쪽에선 좀 다르네."

밀러 씨가 담담하게 설명했다.

내가 온 21세기에선 부르주아가 기득권이고, 그래서 정부의 힘을 줄이고 경제를 기업의 손에 넘기는 자유 경제체제를 추구하는 게 보수, 반대로 큰 정부를 추구하고 기업을 규제하는 체제가 진보다.

하지만 이 시기, 영미권 정계에서 부르주아들은 '진보'로 분류된다.

왜?

"보수의 주류가 중상주의(重商主義)이기 때문일세."

영국에선 보수당, 미국에선 민주당.

이들은 자국의 이익을 보호하기 위한 '보호무역'을 지지하며, 따라서 관세를 높이고 내수시장의 경쟁력을 키우자고 주장한다.

그중 보수당은 본토의 생산성을 높이기 위해 도시 시민, 특히 노동자 계급에게 온정적인 복지를 확대하길 원하는 것이다.

이것이 디즈레일리가 표방하고, 그가 죽은 뒤 현재까지도 이어져 온 일국 보수주의(One-nation conservatism) 이념.

반면 자유당은 이름 그대로 자유무역을 중시하며, 낮은 세금과 작은 정부, 기회의 평등과 자유주의적 메리토크라시 이념을 따르는데, 이를 글래드스턴 자유주의라 한다…… 뭐야 이거. 그냥 고전 자유주의잖아?

"제가 완전 반대로 생각하고 있었군요."

"뭐, 전부가 그런 건 아니고 지금 외무장관인 솔즈베리 후작처럼 대중이나 미국에 적대적인 구식 귀족인 보수당원도 있네. 물론, 당론으로 채택될 정도는 아니지."

"으음…… 그렇군요."

새삼 내가 19세기에 왔다는 걸 이런 식으로 되새김질할 줄이야.

하지만 어쩌겠어 난 정치엔 영 관심이 없는걸. 그러고 보니 케인즈도 아직 안 나왔지?

"그러면, 이제 내가 무슨 말을 하는지 알겠나?"

밀러 씨는 차분하게 말했다.

그 말은 즉, 지금 내가 하는 일이 자유당, 현 영국의 여당을 적으로 돌리는 일이 될 수도 있다는 얘기다.

보수당을 아군으로 끌어들이면, 자연스럽게 자유당과도 마찰을 빚을 테니까.

물론…… 나도 그걸 생각을 안 한 건 아니다.

하지만.

"당연히 있습니다."

안타까운 일이지만 대책안이 없는 상황에서 그저 하지 말라고 한다면, 더더욱 이쪽 주장의 힘은 잃어버리고 만다.

그렇기에 확실한 논리를 아군으로 움직여야 원하는 것을 이룰 수 있겠지.

"그래서 대체 산업을 제안할 생각입니다."

"대체 산업이라. 예를 들면?"

"일단, 조미료가 있겠죠."

이 시기, 납은 맛을 내기 위해 온갖 곳에서 쓰인다.

납 식초, 납 기름, 납 시럽, 납 밀가루…….

뭐 그릇에 유약 같은 걸 바르기 위해 쓰였다가 녹아내린 거면 모르겠는데, 겨우 그 정도가 아니라 아예 단맛을 낸다고 별별 데 다 쓰였으니 말 다 했지.

이를 대신해 설탕이 쓰이기엔 아직도 설탕 가격이 비싸다.

사탕수수 농장이 얼마나 플랜테이션, 노동 집약적인데. 아스파탐, 수크랄로스는 아직 개발이 안 됐고.

하지만…… MSG는 지금도 만들 수 있다.

원래는 그거, 다시마로 만드는 거니까.

예전 소설 쓰느라 자료 조사하면서 알고 있지, 지금쯤이면 아마 독일 쪽에서 글루탐산을 발견했을 거다. 말 그대로 발견했을 뿐이지만.

"그쪽 연구를 지원해서 만들면 분명 도움이 될 겁니다."

아무튼 조미료이면서 인체에 무해하기까지 하니, 암튼 감칠맛은 확실하게 보장할 수 있다.

"페인트는 어쩔 생각인가?"

"플라스틱이 있습니다."

셀룰로이드는 이 시대에도 널리 쓰이는 물건이다.

현대만큼 쉽고 편리한 합성수지는 아니지만, 납만큼 유해하진 않고, 그저 사용법을 다 알지 못해서 다른 산업으로 쓰이지 않고 있을 뿐이지.

"게다가 중공업 쪽으로는 알루미늄도 있지요. 최근에

생산 단가가 꽤 많이 내려가는 공법이 개발되었다고 들었습니다."

"그래. 하지만 한때 백금보다 비쌌던 광물이 아닌가? 알루미늄이 납을 대체하려면 꽤 오랜 시간이 들 거야."

"그건 걱정 안 하셔도 됩니다."

나는 씨익 웃으면서 말했다. 그야…… 어마어마하게 싸질 테니까. 21세기에선 아예 호일을 만들 정도라니까.

"저는 이 둘이 충분히 납을 대체할 수 있을 거라고 생각합니다. 그렇다면 우선 저희도 확실한 지지 기반을 만들 수 있겠지요."

"흠, 자네 말이 그렇다면야 한번 손을 써 보지. 나도 그럼 그쪽 사업에 지원을 좀 해 보겠네."

어, 진짜루요? 나는 눈을 껌벅거릴 수밖에 없었다. 그저 도움을 주는 정도라고 생각했는데 여기에 지원까지 해 준다니. 그의 신뢰가 직접적으로 느껴지는 듯했다.

"다만, 걱정이 될 뿐이지."

밀러 씨는 그렇게 말할 뿐이었다. 나는 묵묵히 그 이야기를 들었다.

"신생 사업은 반드시 기존 산업의 자리에 도전해야 하고, 그 기존 산업은 분명 그 신생 산업을 최선을 다해 밟으려 할 게야. 그리고 그 기존 산업 덕에 먹고 살던 사람들도 있겠지."

"그렇지요."

즉, 단순히 대체재를 준다고 해서 적을 완전히 없앨 순 없단 뜻이다.

순수히 납만을 다루던, 그리고 그걸 통해서 이익을 얻던 누군가는 내가 미는 납 규제를 전력으로 없애려 할 테니까.

"물론 다짜고짜 납 규제 법안을 들이미는 것보단 확실히 낫겠지만, 그 행보가 더 많은 적을 만들 수도 있지 않겠나?"

"그건 걱정하지 않습니다."

"……흐음. 왜지?"

"그야, 대중은 제 행보를 좋아해 줄 테니까요."

나는 담담하게 말했다.

윗대가리, 기업인들은 싫어할 수 있다. 갑자기 편하게 돌리던 원료 대신 뜬금없이 검증되지도 않은 원료를 쓰라면 당연히 싫어하겠지.

하지만 그 밑에 있던 사람들은?

구체적으로 말하면…… 직접 '납을 만지던' 노동자들은?

"그 사람들도 그저 방법이 없었을 뿐, 새로운 것을 원하고 있을 테니까요."

납 중독으로 죽을 뻔했으니까.

상대적으로 안전한 알루미늄, 플라스틱 공장에 고용되면, 지갑이 조금 쪼그라들지 몰라도 하루는 더 살겠지.

"자네가 확신하고 있다면, 좋네."
밀러 씨는 시원한 미소를 지으며 말했다.
"맘대로 해 보게. 난 언제나 자네를 믿고 지원하겠네."
"감사합니다, 밀러 씨."
좋아, 허락 떨어졌다.
밑밥은 다 깔았으니, 이제는 글쟁이 타임이다.

* * *

아서 코난 도일의 말은 틀렸다.
납이 위험하다는 걸 아는 건 의사들만이 아니었다. 대중도 어설프게는 알고 있었다.
―납이 사람을 죽인다고? 그걸 누가 몰라?
―근데 뭐, 답이 있나? 싸니까 쓰는 거지.
문제는, 구체적으로 얼마나 나쁜지 모른다는 것.
위험도가 천차만별이지만, 21세기와 크게 다르지 않았다. 담배를 많이 태우고 술을 많이 마시면 간을 비롯한 내장 여기저기가 아프다.
하지만 그렇다고 담배나 술을 끊을 순 없다. 고작 그런 어렴풋한 공포 때문에 끊어 버리기엔, 세상살이가 너무 좆같기 때문이다.
"이봐, 자네 〈빈센트 빌리어스〉 계속 보나?"
"그야, 보지. 왜 그러나?"

"아니, 거기 애를 납 중독에 빠트려서 죽일 수 있다고 나오잖나."

"그야, 뭐. 페인트라는 게 그런 거잖나? 가난한 애들은 무식해서 뭐든 입에 넣는단 말이지."

"하지만, 거참⋯⋯ 어째 찝찝하단 말이지."

"됐고 일이나 해. 오늘도 처리해야 할 서류가 많아."

그래서 대중들은 처음엔 그다지 크게 반응을 갖지 않았다.

구체적으로 얼마나 심각한 일인지 모르기 때문이다.

하지만 모름지기, 잔을 넘치게 하는 것은 표면장력을 무너트리는 마지막 한 방울의 물인 법.

그리고.

〈왕립학회 인터뷰 : 인기 작가 한슬로 진, 아서 코난 도일 대담(對談)!〉

〈심층 탐구! 과학적 살인사건은 얼마나 현실적인가?〉

〈납, 석면, 시안화칼륨⋯⋯ 일상에서 구할 수 있는 독극물에 대해 탐구해 본다!〉

그 한 방울의 물이 떨어졌다.

다음 시대의 평화

1896년, 봄.
―예, 물론입니다. 대부분의 중금속이 그렇긴 하지만, 납은 특히 위험하지요. 극미량으로도 인체에 큰 영향을 줍니다.
―게다가 어린아이일수록 더 영향이 크지요? 저는 그 사실을 알고 나서 집에 있던 납 관련 식품들을 전부 버렸습니다.
―저도 그렇게 생각합니다. 솔직히 말해, 제가 너무 가볍게 다룬 것을 후회합니다. 진행을 위해 어쩔 수 없었지만, 원래대로라면 스티브 빌리어스는 그 자리에서 죽어도 이상하지 않았어요.
―뇌 손상, 식욕부진, 복통, 구토와 변비, 행동 이

상…… 이게 전부 제가 4년 전 논문에서 다뤘던 증상 그대로입니다! 납은 반드시 규제되어야 해요!

"이게 무슨 개 같은 경우야!!"

찰싹—!

주식회사 민턴스(Mintons)의 3대 사장, 존 피츠허버트 캠벨은 격노하며 〈월드 와이드 매거진〉 신간을 내던졌다.

〈월드 와이드 매거진〉.

〈스트랜드 매거진〉과 같은 조지 뉸스 사 계열의 잡지지만, 소설 연재를 주로 다루는 그것과는 역할이 조금 달랐다.

'진실은 소설보다 더 이상하다.'라는 캐치프레이즈를 모토로 내세우는 월간 잡지.

주로 올라오는 기사들은 연예, 시사, 경제 분야다.

즉, 언론으로 분류된다.

그런데 그런 언론에서 뜬금없이, 심지어 이 런던에서 제일 인기 있는 소설 작가 둘이 나와 '납, 석면, 청산가리는 위험해요!'라는 인터뷰를 싣다니.

게다가 그냥 소설가들의 망상이라고 치부하기도 어려웠다.

그들과 대담을 펼친 것이 다름 아닌 에든버러 왕립학회의 의사들이었기 때문이다.

아서 코난 도일의 스승인 조지프 벨, 그리고 중금속 중독 관련 권위자인 토마스 올리버.

특히 토마스 올리버는 과거 납 중독 관련 논문을 작성해, 단번에 그들의 블랙리스트 최상위권에 이름을 올린 자가 아닌가?

"대체 이 작자들이 우리랑 무슨 원수를 져서!!"

'우리'를 지칭하는 이들은 다양했다.

특히 캠벨 자신이 운영하는 민턴사의 경우는 유약을 이용한 식기와 도자기 회사였다. 당연히 유약에는 납이 쓰였다.

리스 페인트(Leighs Paints)는 납 페인트로 가장 큰 인기를 얻고 있는 회사였고, 림멜(Rimmel) 사는 화장품에 납을 쓰고 있었다.

그 외, 판지 및 포장, 건축, 그리고 직간접적인 이해관계에 얽혀 있는 모든 이들까지.

납에 대한 이미지가 박살 나는 순간, 이들의 주가는 급락한다.

크든 작든, 그 여파를 견딜 수 있을 만한 기업가는 손에 꼽았다.

'처음엔 그러려니 했는데.'

솔직히 소설에서 등장했다고 해서 그게 전부 옳다면 뒷골목엔 흡혈귀와 늑대인간, 그리고 도플갱어가 살 것이고, 땅속에는 드워프와 숲속의 엘프, 그리고 물속에는 님프가 살 것이 아닌가?

물론 새빌 로의 양복점이나 베이커 거리가 너무 늘어난 관광객에 고통을 호소하거나, 뉴턴의 무덤이 파헤치는 괴담 같은 것이 떠돌아다니는 걸 보면 진짜로 여기는 바보들도 간혹 있는 듯했지만, 어쨌든 그들에게 있어서 그런 팬보이들이 주 소비자는 아니었다.

그들의 소비자들은 모두, 올바른 학식과 상식을 가진 정상적인 런던 시민이었으니까.

단순한 소설에서 잠깐 나온 걸로 싸고 합리적인 납 관련 상품을 구매하지 않을 사람들이었으니까.

하지만…… 이 대담 사설은 그 위력이 다르다.

무려 '왕립 학회'의 의사가 둘이나 대담에 참여한데다, 작가가 직접 대화하는 방식은 그 신빙성을 크게 끌어올렸다.

작가와 의사, 지식인과 지식인의 대담은 대중을 흔들 수밖에 없다.

그도 그럴 게 흔히 말하는 '배우신 분들'이잖는가.

이건…… 굉장히 큰 공격이다.

타격이 있을 수밖에 없다.

'반격해야 한다.'

캠벨은 생각했다.

자신처럼 피해를 입을 사람들을 모아 시민단체를 이루고, 자신들과 말이 잘 통하는 자유당을 향해 도와 달라고 SOS를 쳐야 했다.

물론 그 글자를 이루는 잉크가 금빛으로 이루어져야 할 것을 생각하면, 당분간은 배가 아파도 무진장 아프겠지만, 어쩔 수 없다. 급한 불은 꺼야 하지 않겠는가?

물론.

이미 늦어도 크게 늦었지만.

"사, 사장님! 사장님!!"

"무슨 일이야!!"

"큰일 났습니다!!"

큰일은 이미 났는데 또 무슨 큰일이?

그렇게 생각했던 캠벨은, 눈을 크게 뜰 수밖에 없는 속보 기사에 이를 갈아야 했다.

〈보수당, 납 규제 법안 발의!〉

"맙소사!"

캠벨은 외마디 비명을 지를 수밖에 없었다.

세상이 어떻게 돌아가려고!

* * *

며칠 전, 웨스트민스터 궁전.

"언제까지 우리 국민이 납을 입에 넣고 살아야 합니까! 우리 아이들의 안전한 미래를 지키기 위해! 지금이라도 모든 의식주에서 납을 퇴출시켜야 합니다!"

보수당의 중진, 아서 제임스 밸푸어(Arthur James

Balfour)는 서민원에서 목청이 찢어지라 소리쳤다. 그런 그를 보며, 보수당의 다른 의원은 바로 옆에 있던 의원의 옷깃을 잡아끌며 작게 물었다.

"그런데 말일세."

"엉."

"저 양반, 왜 갑자기 저렇게 목소리 내나? 딱히 열정적인 일국주의자는 아니었잖아?"

"난들 아나? 인제 와서 비빌 구석이 필요해진 걸지도 모르지."

그들의 생각은 크게 틀리지 않았다. 스코틀랜드 최고 명문 가문인 밸푸어 가문의 후계자이자, 원 역사였다면 하원의장, 그리고 장래의 총리직이 약속되어 있던 아서 밸푸어는…… 속이 굉장히 쫄려 있었다.

'제기랄, 빌어 처먹을 외삼촌 같으니! 스승이라며! 키워준다며!!'

본래 그는 전 총리, 그리고 현 외무장관 로버트 개스코인세실 솔즈베리 후작의 조카 겸 비서로 정치계에 입문한— 말하자면 '양아들'이었다.

즉, 그의 비호 아래에서 그를 받쳐 줄 후계자로 낙점되었을 뿐 아니라, 때로는 그를 중심으로 한 계파의 중간관리도 맡아야 했던 것이다.

물론 그 덕에 개스코인세실 내각에서 스코틀랜드 국무장관, 재무부 장관, 외교부 장관으로 승승장구하였으나…… 그럼 뭐 하나.

지금 솔즈베리 후작은 1890년 당시의 베어링스 스캔들로 인해 1895년 총선에서 부정적인 영향을 끼쳤다는 비판을 받아, 보수당 당수 자리에서 내려온 상황.

그나마 솔즈베리 후작 개인은 자유당 캠벨배너먼 정권이 개평 삼아 내던져 준 외무장관 자리에 쫄래쫄래 기어들어 가 정치적 목숨을 부지했지만, 그건 말 그대로 자기 자신뿐.

남은 보수당 내 개스코인세실 파벌의 입지는? 당연히 새 됐다.

그래서 그 파벌에서 제일 큰 새, 아서 밸푸어는 갈아탈 가지, 혹은 비빌 언덕이 필요했다.

'일단 지금은 여기에 손을 얹는다.'

솔직히 그는 납이 그렇게 심각한 문제인진 몰랐다. 관심도 없다.

하지만 이 주장이 나온 것은 다름 아닌 에든버러 왕립학회.

정치계에서 지연(地緣)만큼 중요한 것은 드물었고, 스코틀랜드를 기반으로 하는 그의 입장에서 당장 이만큼 비비기 좋은 언덕은 없었다.

게다가 이 법안은 '그' 프레데릭 알바 밀러가 파티를 열어 주장한 것.

최근 사교계에서 큰 힘을 발휘하고 있는 이인 만큼, 이

동아줄을 덥석 물지 않을 이유가 없었다.

'후우, 어떻게든 얻어 탔으니 당분간은 괜찮을 터.'

게다가.

"야, 하이랜더 사투리 소리 좀 안 나게 해라!!"

"집어치워! 지금 신성한 의회에서 무슨 선동을 하고 있는 거야!!"

"납이 사람을 죽인다고!? 규제는 기업을 죽여, 멍청아!"

저 봐라, 밸푸어는 오리처럼 꽥꽥 소리를 지르는 자유당의 신흥자본 세력을 보며 입술을 비틀었다.

방계인지라 작위가 없어 서민원에 있긴 했으나, 귀족적인 삶을 살아온 그에게 있어 저들의 저 '아무튼 손해 보기 싫다 꽥꽥'은 참으로 가소로울 수밖에 없었다.

'저러면 저럴수록 고마울 뿐이지.'

결국, 저들의 목소리를 키우면 키울수록 보수당은 '생명을 중시하는 도덕주의 정당'이라는 이름을 자유당에서 뺏어 올 수 있을 테니까.

'그렇게 되면 나의 입지도 다시 탄탄해지겠지.'

그렇게 밸푸어가 속으로만 실실거리며 오리들의 비난에 함께 목소리를 높이며 신나게 맞서고 있었다.

그때.

"밸푸어 의원님, 잠시 괜찮습니까?"

"무슨 일이십니까, 애스퀴스 의원님."

천박한 오리들 사이에서, 학 한마디가 홀연히 일어섰다.

아서 밸푸어는 고개를 든 허버트 헨리 애스퀴스(Herbert Henry Asquith)를 불안한 눈으로 보았다.

그럴 수밖에.

저자는 시끄럽게 법안 반대만을 외치는 자유당의 재정 자유주의자들과는 비교가 되지 않는, 지금 이 공간에서 제일 두려운 이였으니까.

왜냐하면.

"우선 저 역시 서민들의 삶에 깊은 관심을 갖는 밸푸어 의원의 말에 깊이 동의할 수밖에 없습니다. 납이 그렇게 위험하다면, 마땅히 금지해야지요."

"애스퀴스 의원! 지금 자유당의 자유경제 당론을 위반하는 거요?!"

"아, 좀 들어 보십시오. 밸푸어 의원님, 말씀대로 납이 위험하다면 얼마큼 위험합니까? 또한, 얼마큼 금지해야 하는지요?"

"얼마큼이라니요."

밸푸어는 잠시 입을 다물었다.

역시나, 저 인간은 가장 위험한 지점을 찍어 누르고 있었다.

'구체적인 과학적 논의가 없다는 것.'

당연히 그럴 수밖에 없었다. 누가 좋아서 납을 억지로

입에 넣는 실험을 하겠는가.

당연히 그 연구 결과는 부족할 수밖에.

반면 납 와인이 위험하다고는 하지만, 그것이 잘 팔리고 있다는 건 나름대로 그걸 먹고도 당장 큰 영향을 받지 않았다는 뜻이기도 했다.

결국, 여태까지 어떻게든 잘 살아왔는데 굳이 호들갑을 떨 필요가 있느냐? 라는 논리였다.

"뭐, 납 페인트 굳은 것이 하류층 아이들이 입에 넣어서 위험하다는 소설 속 사건은 저도 잘 보았습니다. 그게 실제로도 매우 위험하다는 것은 존경하는 왕립학회의 생리 화학자의 보고서로 확인했고요."

"그렇다면—!"

"하지만 그게 구체적으로 납이 문제인지는 아직 확인이 안 된 것이 아닙니까? 구체적으로, 색소라든가 송진이라든가요. 그런 것이 문제일 가능성은 없습니까?"

"그, 그것은!"

"그런 자료가 있다면, 제출해 주셨으면 좋겠습니다. 지금 말씀하시는 법안이 한순간에 영국의 건축과 식품 산업을 멈추게 만들 수 있다는 걸 잘 알고 계실 테니 말입니다."

애스퀴스는 쓴웃음을 지으며 입술을 깨무는 밸푸어를 올려다보았다.

그의 근처에 앉은 자유당 의원들이 히죽이는 것이 보였

지만, 애스퀴스는 진심으로 그들에게 동조할 수는 없었다.

'미안합니다. 밸푸어 의원.'

솔직히, 애스퀴스로서도 진심으로 납을 금지하고 싶었다.

그 역시 민생이 얼마나 중요한지 알고 있었고, 그것을 위해 자유경제에 어느 정도 칼을 대야 한다는 생각은 하고 있었으니까.

하나, 이곳은 어디까지나 정쟁(政爭)을 다투는 콜로세움.

옳다고 그저 동조할 수만은 없다.

'만약 그게 이루어지려면 그것은 자유당의 손에서 이루어져야 한다. 보수당의 주장이 아니라.'

그래야 장기적이고 지속적인 진보 정책이 자유당의 손에서 나올 수 있을 것 아닌가.

당리당략을 위해서라도, 애스퀴스는 지금은 밸푸어가 잠시 한발 물러나기를 원했다. 그래서 잠시 시간을 가지고, 자신의 숟가락으로 진행하길 바랐다.

다만.

―좋은 논의로다.

거기에 갑자기, 기계장치를 타고 내려온 듯.

누군가가 말했다.

"감동적이로고."

"여왕 폐하!"

"여왕 폐하를 뵙사옵니다!"

그 모습에 허둥지둥 대던 서민원의 의원들은 벌떡 일어섰다.

여왕께서 직접 서민원에?

어째서?

'자, 잠깐만.'

'그 말은 설마?'

다행히, 빅토리아 여왕은 서민원의 문 앞에서 움직이지 않았다.

그럴 수밖에 없었다. 원칙적으로 영국 국왕은 서민원에 출입이 불가능했기에.

그것이 가능한 것은 오직 한 경우.

'의회의 해산'뿐이다.

"두려워 말라. 짐은 그저 그 토론에 의견을 내고 싶을 뿐이니."

물론 이 상황에서 빅토리아 여왕에게 자격이 없음을 운운할 간 큰 사람은 없었다.

바로 내년, 60주년을 맞이하며 권력이 절정에 오르는 여왕의 자칭 '통치하지 않는 군림'에 깔리고 싶은 자가 누가 있을까.

"짐은 납이 금지되어야 한다고 생각한다."

"그, 폐하. 하지만 근거가……."

"흠. 전문가들이 이미 그리 주장한 걸로 아는데, 혹 그대는 생화학의 전문가인가?"
"……아닙니다."
"그렇다면 반대하고 싶은 자들은 마땅히 그 반대의 근거도 미리 준비해 와야 할 것이다. 짐의 의견은 여기까지다."
 빅토리아 여왕은 그렇게 말한 뒤, 천천히 발을 돌려 나갔다.
 마지막까지 서민원에 발을 들이진 않았으나.
 그녀는 고작 한 발자국을 남겨 둔 채, 모든 것을 침묵시키고는 바람처럼 사라졌다.
 의원들은 그 '한 발자국'의 의미가 무엇인지 잘 알고 있었다.

* * *

"예? 벌써요?"
"그렇다네. 나도 의욀세."
 나는 눈을 껌뻑이며 밀러 씨를 보았다. 아니, 벌써 법안이 통과돼? 어떻게?
 한국에서도 이렇게 법안이 빠르게 통과된 적이 간혹 있었다. 하지만 그것도 대부분이 강력한 여론이나 정치적 여론에 쫓기듯 한 것에 가까웠을 텐데…….
 혹시 무슨 일이라도 있었던 건가?

"글쎄, 나도 의아하긴 하네만…… 밸푸어 의원도 그렇고, 무슨 일인지 도통 말을 안 해 주니 알 수가 없군."

밀러 씨도 의아하다는 듯 그렇게 말할 뿐이었다.

다만 해괴한 게, 뭔가 의원이란 양반들이 전부 흠칫 놀라더니 '나, 나는 아무것도 못 봤어!'라던지, 아니면 '으, 으아아! 그분! 그분이 오신다!!' 같은 소리를 하며 내뺐다는 거다…….

뭐야, 그레이트 올드 원이라도 왔다 갔나? 다들 왜 그렇게 SAN치가 핀치야?

"뭐 하여튼 우리 입장에서야 매끄럽게 잘 풀렸으니 다행 아니겠나."

"그야…… 그렇죠."

밀러 씨는 조금 남아 있던 고민마저 위스키와 함께 털어 마시며 말했다.

그래, 자질구레하고 시끄러운 일 없이 해결됐다는 것 하나만으로도 얼마나 다행이냐.

"그보다, 알루미늄 공장 쪽으론 어떤가? 그, 적당한 회사를 찾아서 투자하고 대신 관리를 맡기기로 했잖나."

"아, 예. 라이오넬 월터 로스차일드에게 추천받아서, 괜찮은 철강업체를 만나 직접 계약을 맺고 왔었…… 죠."

"그럼 잘했군. 그런데 왜 그렇게 귀신이라도 본 듯한 얼굴인가?"

"에, 뭐. 그게."

나는 머리를 긁적였다. 아니, 솔직히 어쩔 수 없었다.
라이오넬 로스차일드에게 추천을 받아 내가 직접 계약하고 온, 그 '엘리엇 철강 회사(Elliot's Metal Company)'의 임원이라고 나온 사람이, 그게…….

　　　　　　　＊　＊　＊

"어서 오십시오! '앨리스와 피터 재단'의 경영 고문과 회계 고문이시라고 하셨죠?"
"예, 그렇습니다. 경영 고문으로 있는 진한솔이라고 합니다."
"회계 고문, 로웨나 로스차일드입니다."
"두 분 모두 반갑습니다. 임원인 아서 네빌 체임벌린(Arthur Neville Chamberlain)입니다."
"……예?"
귀중한 비즈니스 자리. 원래 이런 자리에서는 행실을 중요시해야 한다. 그도 그럴 게 아주 작은 행동 하나로 계약 조건이 바뀔 수도 있는 거니까.
하지만 나는 인사를 하던 도중, 너무 젊다 못해 어려 보이기까지 하는 임원의 얼굴을 잠시 멍하니 바라볼 수밖에 없었다.
아서라는 흔하디흔한 이름 때문은 아니다.
문제는 그 뒤 붙은 이름이, '네빌 체임벌린'.

다음 시대의 평화 〈59〉

그 이름은 모르려야 모를 수 없는, 너무나 유명한 것이었기 때문이다.

바로 처칠 바로 직전의 총리. 통칭 미스터 '우리 시대의 평화'.

영국 밖에서도 역대 최대 최악의 오점으로 손꼽히게 될 사람이 눈앞에서 고개를 갸웃거리고 있었다.

"왜 그러시죠? 제 얼굴에 뭔가 묻었습니까?"

"아, 아뇨. 하하하. 너무 젊으셔서요."

나는 최대한 빨리 정신을 차리고 얼버무릴 수밖에 없었다. 딱히 틀린 말도 아니었고.

나중에 들어 보니 이때 체임벌린의 나이는 고작 스물일곱. 라이오넬 월터 로스차일드보다 고작 한 살 어렸다.

물론, 그 어린 얼굴이 조금만 얄팍해지고, 머리를 올백으로 넘긴 다음 콧수염을 기른 채 그 역사적인 포즈를 취하면…… 딱 밈으로 자주 봤던 그 모습이 나올 것처럼 생긴 것은 변함없었지만.

'히틀러한테 편지 왔어염! 뿌우!' 하는 그 모습 말이다.

그래, 하긴 처칠도 지금은 그냥 평범한 육사 생도였지. 그러면 그 정적이었던 이 사람도 그만큼 젊어도 이상하진 않다.

"하하, 부모님 후광이죠. 그렇게 말하시는 두 분도 굉장히…… 젊으신걸요."

물론 체임벌린 역시, 우리 쪽을 인상 깊다는 듯 보며

말했다. 하긴, 재단 고문이란 사람들이 왔는데 그 사람들이 한 명은 여자고 한 명은 아시안이니까.

하지만 적어도 그런 얘기를 우리 앞에서 대놓고 하지 않은 것만으로도 아주 눈치가 개차반인 사람은 아닌 듯했다.

"저야, 제 고용주 덕에 분에 넘치는 옷을 입고 있을 뿐입니다. 이쪽의 로웨나 양이 진짜 뛰어난 인재지요."

"과찬이십니다."

겸손하게 말한 나와 달리, 로웨나 로스차일드는 꽤 차갑게 말했다.

쌀쌀하구먼. 뭐, 이런 차가운 느낌이 회계사로서의 능력이긴 한데······.

"자, 그러면 슬슬······ 아동 복지 재단으로 유명한 〈앨리스와 피터〉에서 무슨 일로 저희 회사를 찾으셨는지 들어 봐도 될까요?"

"아, 예. 듣기로, 귀 엘리엇 철강에서는 단순 강철 제련뿐 아니라 다른 금속류의 제련 연구에도 박차를 가하고 있다고 들었는데요."

"물론입니다. 철 자체는 굉장히 유용하고 흔한 금속이지만, 그 자체만으론 녹이 잘 슬고 잘 깨지는 금속이니까요. 다른 금속과의 합금을 통해 충분한 경도와 강도를 가질 수 있도록 조정을 해야 하지요."

"그렇군요. 그렇다면— 알루미늄에 대해서는 어떻게

생각하십니까?"

"아하, 역시."

젊은 네빌 체임벌린이 피식 웃으면서 고개를 끄덕였다.

"〈앨리스와 피터〉 재단은 한슬로 진 작가님의 재단으로 유명하지요. 그 한슬로 진 작가님께서 이번에 하셨던 납을 퇴출시키자던 대담, 저도 인상 깊게 봤습니다."

"이런, 들켰네요."

"하하하. 이래 봬도 저도 꽤 문학도입니다. 〈피터 페리〉 때는 제가 카리브 식민지에 있다 보니 제때 확인을 못 했지만, 재작년부터 보기 시작한 〈빈센트 빌리어스〉는 정말 재밌더군요."

이게 립서비스인지, 아니면 진심인지 모르겠다. 하지만 이런 자리에서 아이스브레이킹은 중요한 게 아니긴 하지.

그 생각대로 네빌 체임벌린은 나를 똑바로 바라보며 진지하게 말하기 시작했다.

"그래서 말씀드리자면…… 솔직히 매력적인 제안이긴 합니다."

"귀사는 원래부터 납 제련을 하지 않았으니까요."

"정확합니다."

네빌 체임벌린이 이 회사에 있다는 건 몰랐지만, 그 정도도 알아보지 않고 들이대진 않았다.

"만약 갑작스러운 납 규제가 성공하고, 이를 다루던 철강업계의 대기업이 대처하지 못하고 있을 때."

"한발 앞서 이를 대체할 금속을 다루고 있던 회사가 있다면, 시장에서 강한 영향력을 발휘할 수 있겠죠."

"네, 마치 빌리어스 가문의 후계자 자리를 잃은 그레고리 빌리어스 대신 그 자리를 차지한 빈센트처럼요."

나와 체임벌린은 공범의 미소를 지었다.

음, 히틀러에게 속긴 했어도 한 나라의 총리까지 올라간 사람답다.

하긴 말이 속았다지, 사실 영국의 입장만 보자면 군비 증축하고 대대적인 공세를 막을 준비할 시간은 번 거니 그의 선택이 크게 틀리진 않았다는 시선도 많았으니까.

역시 이 정도 머리는 돌아가는구먼.

"그런데 솔직히 의외입니다. 아이들을 위한 아동 복지 재단이 이런 철강업계를 뒤흔드는 일을 할 줄은 몰랐습니다."

"이것도 아이들을 위한 겁니다. 아이들을 죽일 납을 우리 사회에서 퇴출시키기 위한 거니까요."

"하지만 알루미늄에 그럴 만한 가능성이 있겠습니까?"

"물론입니다."

나는 고개를 힘차게 끄덕였다.

오히려 그런 내 단호함에 체임벌린이 더 놀란 눈치였다. 뭐, 저게 일반적인 반응이긴 하지.

"이미 저…… 희! 크흠! 작가님들의 혜안이, X선을 발

다음 시대의 평화 〈63〉

견하는 이정표가 되었다는 사실을 아실 겁니다."

그렇게 보지 마요, 로웨나 양. 이 미래의 '우리 시대의 평화'의 눈치 좀 보라고. 이름도 비슷한 데 내가 한슬로 진 본인이란 사실을 전혀 눈치채지 못하고 있잖냐.

실제로 네빌 체임벌린은 그저 막연히 고개를 끄덕이며 말할 뿐이었다.

"아…… 예. 뭐, 이번 납 규제 논의도 그렇게 떠오른 거라는 풍문은 들어 알고 있습니다."

"그런 작가님께서 드물게 확신하셨습니다. 알루미늄은 미래에, 철보다도 훨씬 흔하고 찾기 쉬워지는 금속이 될 거라구요."

"……흐음. 확신, 이라는 말까지 하셨다고요."

"그렇습니다."

나는 고개를 끄덕이며 말했다.

뭐, 이 시대 사람들이 어떻게 알겠냐. 그 은보다 귀하게 여겨졌던 알루미늄 용기가 도자기보다 흔해지는 미래가 거라고 말이다.

"물론 믿어지지 않으시는 것도 이해합니다. 저희 작가님은 비전문가니까요."

"그건 그렇지요."

"그래서 제안 드리는 겁니다."

내가 눈짓하자, 로웨나 로스차일드가 고개를 끄덕이며 제안서를 내밀었다.

네빌 체임벌린은 이내 그 내용을 확인하고는 크게 놀란 눈을 했다. 그래, 확실히 파격적이지?

"놀랍군요. 정말 이런 계약으로 괜찮습니까?"

"이미 허가를 받아 온 내용입니다."

"하지만…… 상당히 파격적이군요."

자질구레한 내용을 다 치우고 말하자면, 앞으로 엘리엇 철강은 별도의 자회사를 세워 알루미늄 정련 공장을 건설 및 운용하고, 그 비용은 전부 우리 앨리스와 피터 재단이 지불한다. 물론, 이건 다른 공장을 인수하는 식으로 대체해도 상관없다.

대신, 그 자회사의 주식은 8 : 2로 나눈다. 당연히 우리 재단이 80%다. 대신 엘리엇 철강은 25년 뒤, 자회사를 우리 재단이 만족스럽게 운영했을 경우 지분을 재협상할 수 있다.

즉, 철강 관련 노하우가 없는 우리를 대신해서 엘리엇 철강이 알루미늄 산업이라는 도박에 뛰어들고, 그 도박 비용은 우리가 내주는 거다.

개평으로 수익 20%를 떼 주면서 말이지.

"어떻습니까?"

"……그 정도로 확신을 하고 계신단 거군요."

"뭐, 제가 작가님 생각을 어떻게 알겠습니까마는."

체임벌린은 잠시 계약서를 뚫어져라 쳐다보았다.

그리고 얼마나 시간이 지났을까, 천천히 고개를 든 그

는 내게 말했다.
"비율을 바꾸지요."
"어떻게 말입니까?"
"공장 건설 및 운용 비용의 40%는 저희가 내겠습니다. 대신, 수익에서도 40%를 가져가지요."
6:4라…… 흠, 그 정도면 확실히 합리적인 분배이긴 한데.
"그랬다간 망했을 때 귀사도 손해가 막심할 텐데요?"
"물론 그렇지요. 하지만 안 망할 거라고 하셨잖습니까?"
시원하게 웃으면서, 네빌 체임벌린은 손을 내밀었다.
"저 역시 할 수 있다면 런던에서 납을 퇴출시키고 아이들을 지키고 싶습니다. 부디 함께하게 해 주십시오."
"거기에 돈까지 벌면 더 좋겠죠."
"……하하하. 당연한 것 아니겠습니까."
그래, 이렇게 확실하게 나오는 편이 더 좋지. 그렇다면 결정된 거다.
"좋습니다."
"좋은 파트너가 되길 기원합니다."
덥석.
내 손을 잡은 체임벌린이 굳게 손을 흔들었다.

* * *

물론 계약의 세세한 부분은 로웨나 로스차일드와 엘리

엇 철강 회사의 회계사들이 세부적으로 진행해야 할 테지만, 아마 큰 틀에서는 나와 체임벌린이 합의한 범위 내에서 이루어질 것이다.

즉, 예상보다 좋은 조건으로 계약을 맺은 셈이며, 앞으로 우리는 엘리엇 철강 회사가 뽑아낼 알루미늄 혁명을 기다리기만 하면 되는 것이다.

"잘하고 왔군. 뭐가 문젠가?"

"아뇨, 뭐……."

나는 나도 모르게 가슴에 손을 올렸다.

뭐지? 뭔가 바람 같은 느낌이 가슴속 언저리를 스치고 지나간 기분이 들었다.

큰돈을 쾌척해서 그런가? 하지만 난 이게 크게 성공할 걸 알고 있는데. 오히려 배가 불러 와야 정상일 텐데 말이다.

왠지 모르게 속이 요동치는 것이 마치 뭔가 일어날 거 같은…….

하지만 나는 그 기분이 무슨 기분인지 제대로 파악하지 못했다.

왜냐하면.

"이봐! 여기 있나?!"

"아, 눈스 씨."

"어서 오십시오. 무슨 일입니……."

"알아냈네! 젠장, 알아 버렸어!!"

얼굴이 가득 붉은 중년, 〈스트랜드 매거진〉이 나오는 조지 뉸스사의 사장 조지 뉸스가 달려들어 왔기 때문이다. 왜 저렇게 얼굴이 붉어? 무슨 홍당무 같네.
"키플링! 그 빌어먹을 개자식이 키플링이었네!!"
"예? 무슨 개자식요?"
"무슨 개자식이긴!!"
왕립 문학회!
조지 뉸스가 소리 지르듯 말했다.
"우릴 공격한 놈이 바로 그놈이야!"

What Men Live By

 조지 버나드 쇼는 스스로의 근 40년 인생에 두 가지 터닝 포인트가 있었다고 여기는 사람이었다.

 첫 번째는 20살 때. 더블린을 떠나 집 나간 어머니를 찾을 겸, 둘째 누이 아그네스의 장례식에 참여하기 위해 런던에 갔을 때.

 솔직히, 가고 싶지 않았었다.

 성악가인 어머니의 음악적 스승인지, 아니면 진짜로 아버지가 의심하던 대로 내연남인지 하는 조지 반달러 리의 집에 얹혀살고 싶지 않았으니까.

 그는 버나드 쇼 자신을 아껴 주었고, 스스로도 좋은 사람이었지만…… 아무리 그래도 그를 아버지라고 생각하고 싶지는 않았다.

어쩌면 스스로 조지라는 이름을 쓰지 않기 시작한 것도 그 때문일지 모르겠다.

혹시 어머니가 자신의 이름을 지은 것이, 아버지 조지카 쇼가 아니라 그의 이름을 딴 것일지도 모른다 생각하면…… 그 추잡한 불륜에 소름이 돋으니까.

하여튼, 그거 자체는 그에게 굉장히 심란한 일이긴 했었지만.

별개로, 런던은 그렇지 않았다.

대영박물관. 그리고 수많은 도서관.

어쨌든 런던으로 간 이후 생활은 안정되었기에, 14세 때 중단된 학업을 대신해 읽지 못했던 책을 읽고 또 읽을 수 있었다.

틈틈이 대학을 도강(盜講)하고, 각종 논쟁에 참여하면서 스스로 몰랐던 것을 알아가며, 비어 있던 머릿속을 채워 넣는 그것이 더없이 보람찰 수가 없었다.

하지만 그 마음속에는 여전히 텅 빈 무언가가 얹힌 듯 불편했고, 그것은 시간이 지날수록 심해졌다.

그것이 무엇인지 안 것은, 두 번째 터닝 포인트 때였다.

―그래! 왜 많은 사람은 가난한가! 생산수단을 가진 자들의 시초 축적이 지금까지 이어진 결과로다!

자본론(Das Kapital).

그것은 그가 지금껏 불편해 왔던 것. 즉, '런던은 이렇게 부유하고 여유로운데 어째서 더블린은 가난한가?'라는 의문점을 해소해 주었다.

기존 영국인들은 그렇게 말했다. '런던 시민들이 더 근면 성실하고, 더블린 사람들은 게을러서'라고.

이는 심지어 경제학자들도 마찬가지였다. 그들은 만민이 평등한 세상에서, 근면 성실만이 부의 근원이며, 백인 / 도시인 / 런던 시민들은 인종 자체가 근본적으로 근면 성실하고, 유색인종 / 농민 / 더블린 사람들은 게을러 빠졌기에 일이 그렇게 된 것이라고 주장했다.

하지만 마르크스는 그것이 그저 특정 시대, 초기 자본을 집중하는 폭력적인 과정이 성공했기에 이루어진 결과일 뿐, 사람의 근면 성실과는 전혀 무관하다고 설명했다.

그렇기에 버나드 쇼는 아일랜드 독립운동가가 되었고, 사회주의자가 되었다.

그래서, 갑자기 자신의 그런 고리타분한 과거가 왜 떠올랐느냐 하면…….

"……망할. 더블린보다 더하군."

러시아, 모스크바.

긴 여행이었다. 런던에서 출발해 프랑스, 독일, 폴란드를 거쳐서 러시아로 들어왔으니.

그가 지나쳐 온 모두 하나같이 문명의 중심이라 할 만한 도시들이었고, 벨 에포크를 즐기고 있다는 분위기가 확연히 느껴지는 도시들이었으나.

1896년의 도시, 모스크바는 그렇지 않았다.

런던을 상징하는 것이 안개의 도시, 혹은 노란 콩 수프였다면, 모스크바의 상징은 그림자와 혼돈, 그리고 잿빛 구름이었다.

거리에는 어수선한 인파가 무리 지어 다니며, 몸을 비틀대고 걸었으며 흐트러진 표정을 숨기지도 못하고 있었다.

러시아 문화의 중심이라던 아르바트 거리는 어두운 그림자로 가려져 있었고 멀리 보이는 볼쇼이 극장은 그나마 석조라 낫긴 하지만, 그렇지 못한 건물들은 그들의 옛 영광을 상실한 듯 무너져 가고 있었다.

"후우……."

심각하구먼. 그나마 숨쉬기는 런던이나 베를린보다 쉽다는 것에 위안을 얻어야 할지, 아니면 슬퍼해야 할지 알 수 없었다.

그때.

"실례합네다. 영국에서 오신 조지 버나드 쇼 동지이십네까?"

뒤에서 러시아 말투가 잔뜩 묻어나는 영어가 들려왔다. 버나드 쇼는 말을 건 이에게 고개를 돌렸다가, 그 거대한 체구에 잠깐 눈을 깜빡였다.

'불곰?'

다시 보니, 사람이었다. 침을 꿀꺽 삼켰던 버나드는 고개를 끄덕이며 말했다.

"조지는 빼 주시게. 그래, 러시아의 동지이신가?"

"그렇습네다. 러시아 사회 민주 노동당에서 나왔습네다. 알렉세이 막시모비치 페시코프(Aleksey Maksimovich Peshkov)라고 합네다."

페시코프라…… 익숙하지 않은 이름에 잠시 입에서 그 이름을 굴려 보던 버나드 쇼는 문득, 고개를 팍 들고는 그의 필명을 떠올렸다.

"막시모비치? 혹시 당신, 막심 고리키(Maxim Gorky) 아니시오?"

"하하하. 이거, 들켰습네다."

"허 참, 이렇게 사람을 놀리다니!"

버나드 쇼는 너털웃음을 터트리며 알렉세이, 필명 막심 고리키와 재차 악수를 나누었다.

톨스토이가 현 러시아 문학의 거인이라면, 막심 고리키는 이제 겨우 20대 후반의, 지금 한창 떠오르고 있는 러시아 문학의 유망주.

같은 좌익 계열이기도 한 그의 소설은 조지 버나드 쇼도 인상 깊게 보고 있었다.

물론 지나치게 호전적인 건 아무래도, 온건 사회주의 계열인 그의 입장에선 조금 맘에 안 들긴 했지만…….

'꼴이 이러니 러시아 동지들이 과격해지는 것도 어쩔 수 없겠지.'

버나드 쇼는 주변을 둘러보며 생각했다. 두 사람이 열심히 영어로 이야기하고 있음에도, 두 사람을 스쳐 지나가는 대중들은 일절 관심을 갖지 않고 있었다.

프랑스나 독일, 폴란드에서는 경멸이든 호기심이든, 뭐든 반응을 보였는데, 모스크바에서는…… 낯선 외국인에 관심을 가질 수조차 없을 정도로 지친 삶을 살고 있는 것이다.

"일단 이동하시지요. 톨스토이 동지를 찾아오셨다 들었습네다."

"아, 그러지."

고리키는 그렇게 말하며 천천히 발을 옮겼다.

순간 마차를 타지 않는 건가 생각했지만, 애초에 러시아 사정을 보아하니 차라리 안 타는 게 나을 것 같긴 했다.

"러시아 사정이 좋지 않다는 이야기는 들었지만, 이 정도일지는 몰랐군."

"황제, 그 반동 노무 시키가 문제입네다."

"들었네."

버나드 쇼는 고개를 끄덕였다.

니콜라이 2세.

1894년 아버지 알렉산드르 3세가 갑자기 사망하면서 제위에 오른 젊은 황제.

그가 대관식을 치르는 동안 많은 자유주의자와 공화주

의자들이 최소한의 개혁은 해 주겠지, 하고 기대를 걸어 보았지만. 고작 2년밖에 안 되는 시간에 그는 '피의 니콜라이'라는 별명을 얻으며 러시아를 더욱 끔찍한 지옥으로 몰아가고 있다.

그 여왕의 손자답다면 답다. 그런 생각이 들었다.

"덕분에 우리 러시아 인민들은 다들 도탄에 빠져 있지요. 오죽하면 사이비 괴승의 소문까지 들려 오겠습네까."

"괴승?"

"고거이, 있습네다. 이름이 라스푸틴(Grigori Rasputin)이라나, 라스푸티차(Rasputica)라나……."

허, 참. 별의별 괴소문이 다 있군. 버나드 쇼는 고개를 저으며 탄식했다.

그 반응에 고리키는 침울하게 말했다.

"지금이야 고저, 할 일 없는 지방 귀족들의 가십거리입니다만."

"사이비란 것들이 그렇지. 그저 혹세무민하는 것들이라고 생각하세나."

"그야 그렇습네다."

설마, 그런 사이비가 정부의 중추까지 들어오기라도 하겠나. 버나드 쇼는 그렇게 생각했다.

애초에…… 그게 아니더라도 지금 러시아의 거리는 더할 나위 없이 최악이다.

노동자들의 노래를 파묻어 버리는 시끄러운 공장과 작

업장의 소리가 귓가에 이어졌다.

 지나치는 모스크바 시민의 눈에는 피로와 절망이 고스란히 비추어졌고, 그들의 얼굴은 어두운 그림자 속에서 칙칙한 잿빛으로 보였다.

 이들을 보고 있자면, 조지 버나드 쇼는 문득 자신들이 너무 편하게 투쟁하고 있는 게 아닌가 하는 생각마저 들었다.

 그들의 적이야 나름대로 조금이라도 앞서 발전한 자본주의자들이지만, 이들을 억압하고 탄압하는 무자비한 힘의 정체는 봉건귀족과 그들의 황제.

 그들을 알아보기란 어렵지 않았다. 대놓고 사치스러운 상품을 품은 마차로 거리를 거닐며 미소를 짓고 있었으니까.

 반면 길을 걸어 다니는 빈곤한 이들은 굶주림과 어려움에 시달리며 굽은 등을 펴지 못하고 있었다.

 버나드 쇼는 알 수 있었다.

 이렇게 억압받고 있는 이들일수록, 스프링처럼 더욱 크게 터진다.

 그게 10년 뒤일지, 20년 뒤일지 알 수 없지만⋯⋯ 이들은 더 이상 희망이 없다고 여길 때, 자신들의 목소리를 들어 줄 누군가를 위한 장작으로 아낌없이 혁명의 불길을 피워 올리리라.

 그 누군가가 누구일진 아직도 모르겠지만, 되도록 그가

러시아인들이 기다리는 초인이자 세계 혁명을 위한 참된 혁명가이길 빌어야겠지.

버나드 쇼는 그런 상념을 멈추고 물었다.

"그래, 그래서 톨스토이는 어디로 가면 만날 수 있소?"

"이 모스크바에서 남쪽으로 200km 정도 가면 툴라(Тула)라는 도시가 있습네다. 그 근교에 있는 톨스토이 동지가 보유한 영지인 야스나야 폴랴나(Ясная Поляна)의 저택이 동지의 집이니, 그쪽까지는 기차를 타고 툴라에서는 마차를 타면 될 겁네다."

"흠, 그렇구려."

꽤 걸리겠군, 버나드 쇼는 그저 막연하게 그렇게만 여겼다.

솔직히 조병창에도 별로 관심이 없는 그에게 툴라라고 해 봐야 그냥 그런 줄로 알았다.

그러나, 그는 고리키의 생각이 틀렸다고 생각하지 못했다.

왜냐하면.

"〈늦으셨구려.〉"

"〈아니, 소피야 동지. 그게 무슨 말씀이십네까? 늦었다니요?〉"

"〈알렉세이, 그놈의 동지나 그런 거 하지 말랬잖아요.〉"

"이보게, 고리키 군. 부인께서 지금 뭐라고 하신 겐가?"

그 질문에 막심 고리키는 난처하다는 듯 고개를 흔들었다.
"하, 이것 참. 톨스토이 동지가 집에 없으시답네다."
"아니, 어째서?"
"고거이, 이게…… 저로서도 당황스럽습네다만—."
영국에 갔다고 합네다.
고리키가 어깨를 으쓱였다. 그 말에 톨스토이를 찾아 수천 마일을 여행해 온 버나드 쇼는 입을 딱 벌려야만 했다.

* * *

런던, 서머싯 하우스.
"키플링!! 너 이 개자식!!"
"으, 으어억!"
"살려 줘!!"
마치 성난 불소 같군.
아서 코난 도일은 왕립 문학회원들을 마치 종잇장처럼 날려 버리는 조지 뉸스를 보며 생각했다.
아무리 냉철하고 이성적인 사업가라지만, 조지 뉸스는 동시에 뜨거운 정열을 가진 언론인이기도 했다.
왕립이든 뭐든, 골방 글쟁이에 불과한 회원들이 막기에는 그 기세부터가 차원이 다르단 얘기다.

그러니, 그를 막으려면.

"흐음, 오셨소? 생각보다 늦었군."

"키플링!! 이 개자식, 네놈이 감히 날 배신해!!"

같은 저널리스트 출신, 그것도 저 흉폭한 기세로 절대 눌리지 않을 인재뿐이다.

키플링은 한때 그를 고용했던 회사 사장을 보며 코웃음을 쳤다.

"배신이라니, 말씀이 이상하시군."

"뭐야!?"

"우리는 그저 계약 관계였을 뿐이잖소. 나는 댁에게 글을 팔고, 댁은 내게 돈을 주고. 딱 그 정도에 불과했을 텐데."

"이……!"

조지 뉴스의 안 그래도 붉은 얼굴이 더더욱 붉어졌다.

아, 이거 안 되겠네.

한숨을 쉰 아서 코난 도일은 그의 어깨에 손을 올리며 앞으로 나섰다.

"이리 뵙는 건 처음이군. 키플링 씨."

"그래, 그러는 그대는 그 유명하신 아서 코난 도일이겠구려."

"그렇소."

키플링은 훗, 하고 웃으면서 아서 코난 도일과 눈을 마주쳤다.

"들었소. 그대가 내 전임이었다지."

"후임으로 그대가 올 줄은 몰랐소."

"글쎄, 대충 짐작하지 않았소? 그래서 날 작가 연맹 만들 때부터 안 부른 걸로 알았는데."

"변명할 생각은 없지만, 좀 다른 문제이긴 했소."

아서 코난 도일은 그렇게 얼버무렸다.

키플링은 그런 코난 도일의 말에 피식 웃었다.

"뭐, 나도 딱히 아쉽단 이야기는 아니오. 덕분에 나는 이렇게 왕립 문학회를 차지하게 됐으니."

"그건 축하드리오. 그러면, 상호 간에 각자의 자리에서 피차 영국의 문학을 발전시키기 위해 노력하면 좋겠는데……"

잠시 뜸을 들이고, 아서 코난 도일이 물었다.

"그럴 순 없겠지?"

"당연히 그럴 수 없지."

키플링이 단호하게 답했다.

"이미 아시잖소? 그대들과 우리는 불구대천의 원수나 다름없소."

"서로의 시각이 너무나도 다르니까."

문학 관념의 차이.

이것만으로 서로는 경쟁 관계이며, 불구대천의 원수나 다름없다.

시장이라도 크면 모르겠지만, 안 그래도 좁은 게 문학 시장이요, 브리튼 섬 아닌가.

둘이 공존하기에…… 이 나라, 대영 제국은 너무 좁다.

"톨스토이가 그대가 주는 상을 받을 거라 생각하시오?"

"받든 안 받든 상관없지. 그건 그거대로 큰 가십거리니까."

"하, 대담하기도 하군."

"그리고, 효과적이지."

우월감을 느끼며, 키플링은 말했다.

"알겠소? 이것이 기득권이고, 권위요. 아서 코난 도일, 이제라도 우리 품으로 돌아오시오."

"그럴 수는 없지."

이미 알아 버렸으니까.

자신의 재능이 무엇인지, 자신이 어디서 기쁨을 느끼는지.

아서 코난 도일은 어쩌면 자신이 갔을지도 모를, 그러나 가지 않은 길을 간 문학가를 보며 말했다.

"우리는 기꺼이 세상의 가장 낮은 곳으로 들어갈 것이고, 그들과 함께 뒹굴 것이오. 인제 와서 그 고독한 자리에서 독야청청하기엔…… 그 자리가 너무 외롭지."

"그 고독함이야말로 위대한 자의 권능이라는 것을 정녕 모르는군."

두 사람은 동시에 입을 다물었다.

서로가 서로의 평행선임을 확인했기 때문이다.

그렇게 두 사람이 서로 노려보던 그때.
"키, 키플링! 키플링!! 큰일 났소!!"
"무슨 일이오."
황급히 들어온 왕립 문학회원은 주변을 둘러보았다.
그리고 키플링과 대치하고 있는 아서 코난 도일과 그 뒤에서 며칠 굶은 멧돼지처럼 숨을 몰아쉬던 조지 눈스를 보고 입을 다물었다.
하지만 키플링은 성가시다는 듯 손을 휘저었다.
"됐으니 말씀하시오. 무슨 일이오?"
"토, 톨스토이가 입국했소! 지금 도버로 들어오고 있단 말이오!!"
"……뭐?"
이게 대체 무슨 소리야.
아서 코난 도일도, 키플링도, 조지 눈스도.
예상치도 못한 사태에 그저 입을 벌릴 수밖에 없었다.

* * *

"크, 크하하! 하하하하!! 그럼 그렇지. 글쟁이란 인간이 명예를 거부할 리가 있나!!"
사태를 알아봐야겠다면서 불청객들이 퇴장한 이후, 서머싯 하우스에 남은 키플링은 웃음을 터트렸다.
'그래, 아무리 그 톨스토이라고 해도 결국 사람 아닌가?'

부. 명예. 권력.

사람은 결국 그것을 원하는 존재다. 톨스토이가 아무리 괴짜고 극단적인 기독교적 아나키스트라고 하더라도, 설마 그게 본심이겠는가?

'그냥 허리가 나갔기 때문이겠지. 추한 노인네.'

젊은 시절, 러시아 사교계에서 전설적인 탕아이자 바람둥이로 유명했다는 걸 문학계에서 모르는 사람이 있던가. 키플링은 그가 그것을 반성하고 뉘우치며 작성했다는 회고록 또한 믿지 않았다.

십중팔구 그저 기력이 부족해졌거나, 아니면…… 그저 너무 많이 해서 질렸다거나 그런 이유겠지.

어쨌든 그 회고록으로 톨스토이가 또 한층 높은 문학적 명성을 얻은 것도 사실 아닌가.

'뭐, 좋아. 유치하긴 하지만…… 그 장난질에 어울려 주지.'

키플링은 그렇게 생각하며 입술을 비틀었다.

톨스토이가 안 올 거라 생각하고 따로 내정한 작가를 어떻게 하느냐가 남아 있긴 하다만…… 저가 뭘 어쩌겠는가. 조용히 찌그러져야지.

그러고는 왕립 문학회원들을 불러, 최대한 톨스토이의 영향력을 뽑아먹을 계획을 세웠다.

물론.

세상일이 대개, 그리고 한때 그가 받았던 징병 검사 결과가 그랬듯.

때때로, 마음먹은 대로 돌아가지 않는 일도 있는 법이다.

"뭐, 뭐!? 지금 뭐라고 했나! 다시 한번 말해 봐!!"

"그, 그러니까."

왕립 문학회원이 침을 꿀꺽 삼켰다.

키플링은 기다리지 못하고 그가 들고 있는 긴급 속보가 적혀 있는 신문을 낚아챘다.

거기에는 이런 헤드라인이 적혀 있었다.

〈속보! 도버 항에 도착한 톨스토이의 첫말은?! "여기가 한슬로 진의 나라입니까? 우선 그와 만나고 싶습니다."〉

"이, 이게 무슨!"

"톨스토이가, 그, 런던에 오자마자 작가 연맹에서 한슬로 진을 찾고 있다고……."

"이, 이익!!"

도대체, 왜?! 러디어드 키플링은 도저히 이해할 수 없었다.

* * *

작가 연맹 또한 벌집을 쑤신 듯 혼란스러웠다.

다만, 그 이유는 조금 달랐는데.

"토, 토, 토토토톨스토이?! 그 톨스토이 대선배님이 진짜로 오신다고!?"

"맙소사, 사인! 사인받아야겠어!! 내 만년필!! 만년필 어디 있지!?"

"내 거 빌려줄 테니 진정하게!!"

당연하다면 당연한 일이었다.

애초에 지금은 예술 주의의 왕립 문학회와 대중주의의 작가 연맹으로 나뉘어 있다고는 하나.

그런 건 그냥 너무 많이 뻗어 나간 곁가지가 동쪽으로 쏠렸느냐, 서쪽으로 쏠렸느냐의 이야기.

거목의 줄기에 속하는 대문호에게 그런 구분은 의미가 없으며, 톨스토이는 충분히 그 정도 위상이 있다.

─작가들의 작가.

─그 셰익스피어조차 누르고 윗줄에 놓을 수 있는, 현존하는 유일한 작가.

─글을 다 보고 나면 자연스럽게 '레프의 필력을 갖고 싶어요!!'라고 소리치게 만드는 작가.

그런 톨스토이가 런던에 왔다.

왕립 문학회와의 대립이고 뭐고, 작가 연맹의 작가, 평론가, 출판인들이 기대감과 열정으로 불타오르지 말라는 것이 무리였다.

'여기에 뭐라도 얻지 않으면 사람이 아니다. 아니, 작가가 아니다!'

'그에게 첨삭을 받진 못하더라도, 사인 정도는 얻어 내리라!'

'가능하다면 머리카락, 손톱, 그 손끝의 때라도!!'

……뭐, 그 열정이 너무 지나치긴 하지만, 너무 큰 걱정은 아닐 것이다.

막상 그를 실제로 만나 보면 너무 긴장해서 어버버 하다가 실려 갈 정도로 사회성이 죽었거나, 아니면 아예 적응해서 차분해지는 극단적인 생물들이 작가란 생물이니까.

작가 연맹 대표 조지 맥도날드는 그렇게 생각하며, 일단 당장의 상황을 정리하고자 했다.

"버나드가 함께하지 않은 것은 분명한가?"

"네, 틀림없어요."

조지 버나드 쇼를 대신해 페이비언 협회와의 연계를 담당하는 에디스 네스빗은 그렇게 말하며 고개를 끄덕이며 도버의 항만 노동자들에게 전해 들은 이야기를 전해 주었다.

"키가 굉장히 큰 슬라브 노인 혼자뿐이고, 근처에는 아무도 없었다는군요."

"으음. 하긴, 애초에 시간적으로도 그 친구가 모스크바에 갔다 왔다기엔 지나치게 빠르지……."

그럼 대체 어떻게…… 아니, 왜 방영(訪英)한 것이란 말인가.

'설마 왕립 문학회의 상을 받으러?'

시간적으론 그게 제일 말이 된다.

하지만, 그 톨스토이가? 왕립 문학회의? 빅토리아 문

학상을?

 도저히 말이 된다고 할 수가 없었다.

 차라리 이혼당하고 상심해서 가출해 왔다고 하는 쪽이 이해가 가지.

 "일단 콘래드, 자네가 도버로 가 주겠나?"

 "끄응, 결국 나유?"

 그 자리에 함께하고 있던 작가 연맹의 소속 작가, 조지프 콘래드가 프랑스어와 폴란드어 억양이 섞인 독특한 영어로 말했다.

 조지 맥도널드는 미안하다는 듯 웃으며 말했다.

 "미안하네. 하지만 여기서 제일 러시아어에도 능통한 자네가 나서 줘야 조금이라도 더 원활하게 소통을 할 수 있지 않겠나?"

 "휴. 알겠수다."

 조지프 콘래드는 깊은 한숨을 쉬었다.

 작가 연맹에 별별 독특한 이력이 있는 사람이 많다지만, 콘래드는 그 한슬로 진에 버금가는 특이한 이력이 있었다.

 러시아 제국의 우크라이나 지방이 고향이고, 부친은 폴란드 독립운동가.

 그래서 자연스럽게 러시아어, 폴란드어, 프랑스어, 독일어까지 능통한 다국어 능력자로 성장한 사람이 조지프 콘래드였다.

물론 그 이상으로. 그 역시 그 톨스토이와의 만남을 기대하고 있다는 것이 눈에 보였기에, 콘래드는 쉽게 승낙했다.

고개를 끄덕인 조지 맥도널드는 두 사람을 번갈아 보며 말했다.

"좋아. 그러면 지금 바로 두 사람이 도버로 가 주게. 톨스토이를 만나 우리 의사를 전달하고, 지난번 한슬로 진이 말해 준 대로 실례를 무릅쓰고 연극을 좀 해 달라고 해 보는 걸세."

"아무리 생각해도 무리일 것 같긴 하지만요."

"이하 동문이유."

"뭐, 그건 나도 동의하네만…… 어쩌겠나."

그 이상의 방법이 없는 것을.

조지 맥도널드가 쓴웃음을 짓던 그 순간이었다. 대표실의 문을 벌컥 열고 작가 연맹의 막내가 들어왔다.

"크, 큰일 났습니다! 대표님!!"

"무슨 일인가, 길버트?"

"톨스토이! 톨스토이입니다!!"

"그래, 그건 나도 아네. 그래서 지금 이 두 사람이 도버로……"

"그게 아니라!!"

막내, 길버트 체스터튼이 맥도널드의 말을 끊고 소리를 쳤다.

아무리 왕립 문학회에 비해 작가 연맹의 선후배 관계가 러프하다지만, 감히 막내 따위가 대선배님의 말을 끊는 그 패륜적인 언동에 세 작가의 눈썹이 동시에 치켜 올라갔다.

그러나, 그다음 순간 그들은 그를 용서할 수밖에 없었다.

"지금 우리! 작가 연맹에 와 있단 말입니다!!"

"……응?!"

"그, 그게 무슨……!"

"〈이곳인가?〉"

그때였다. 중후한 목소리의 러시아어가 그들의 귀를 두드렸다.

그 순간 작가 연맹의 작가들은 문을 메우는 큰 키의 새하얀 노인을 볼 수 있었다.

'백…….'

'백곰?'

일순, 네 사람의 머리에 그런 생각이 스쳐 지나갔다. 그 와중에, 가장 먼저 정신을 차린 조지 맥도널드가 물었다.

"레, 레프 톨스토이시오?"

"그렇다."

영어 잘하네? 그들이 황망함 속에서 얼떨떨하게 생각하는 사이, 늙은 백곰, 아니 톨스토이가 살기 어린 눈을 뜨며 말했다.

"한슬로 진."

"뭐, 뭐요?"

"한슬로 진! 그 배신자 놈을 찾아왔다!!"

"배, 배신자라니……!?"

"당장 내놓아라! 그렇지 않으면 가만두지 않겠다!"

"으어어어!!"

다음 순간, 작가 연맹의 대표실은 순식간에 난장판이 되고 말았다.

밖에 있던 작가들이 할 수 있는 거라곤, 그저 한슬로 진을 불러오는 것뿐이었다.

* * *

"아니, 이게 대체 무슨 일이에요."

"낸들 알겠나."

솔직히 말해, 난 연초에 무진장 바빴다.

어쩔 수 없잖아? 연극 후속 관련, 납 규제 관련, 미술품 경매 관련, 방학이라 놀러 온 애들하고 놀아 주기 관련 등등…… 아무튼 다른 일이 너무 많았으니까!

그렇게 빨빨거리면 열심히 돌아다니는 바람에, 동나 버렸다.

뭐가? 비축분이.

물론 내 잘못이다. 프랑스 여행 가느라 어느 정도 비축분을 소모했는데, 그다음에도 써야 하는 글은 안 쓰고 불법 잡지 때려잡고 공모전 만들고 그러는 바람에…… 도저히 채워 넣질 못하고 있었으니까.

그래서 토키로 돌아가지도 못하고 런던에 남아 열심히 비축분을 채우고 있었는데, 뜬금없이 작가 연맹에 소집된 거다.

키플링과의 대담이 어떻게 흘러갔나 알려 줬던 아서 코난 도일도 함께.

아니, 솔직히 왕립 문학회의 고문이 되어 우리와 적대하게 됐다는 키플링도 키플링이지만…… '그' 톨스토이가 영국에 왔다는 것도 놀랠 노자다.

게다가 작가 연맹으로 왔다니.

"대체 왜요?"

"글쎄, 내가 어찌 알겠나."

"아니, 앉은 자리에서 키플링을 예측하신 셜록 홈스의 아버지가…… 악, 악."

"고 입, 입을 조심하라고 했을 텐데."

거참, 빠르게 걸으면서도 지팡이를 그렇게 잘 휘두르다니. 이게 영국 신사의 소양인 건가? 바티츠?

하여튼, 톨스토이라…… 게다가 내가 배신자라 했다니.

무슨 말인지는 모르겠다. 짐작할 만한 요소도 없고.

애초에 배신이라는 건 기대를 하니까 당하는 거 아닌가?

그런데 내가 지금까지 쓴 책에 톨스토이가 기대를 가질 만한 뭔가가 있었나?

그런 건 없을 텐데?

애초에 내가 쓴 책은 철저히 대중문학이다. 대중의 욕망을 대변하고 그걸 풀어 주는.

그런데 지금의 러시아 제국은…… 대중이 없잖아?

정확히 말하면 대중으로 개발도상 중인 농노와 귀족이 있는 봉건 전제 정치가, 현재 러시아의 상황이라고 알고 있다.

대중은 문화를 향유하는 중산층을 말하며, 농노는 중산층이 아니다.

고로 문화를 향유하지 '못하며', 따라서 나는 농노의 욕망을 투영할 방법도, 이유도 없다.

그런데 어떻게 러시아 사회 전체를 그대로 반영하고 농노를 위한 글을 쓰는 톨스토이가 나한테 기대감을 품을 수 있다는 건지…….

일단 만나 보자. 그런 생각으로, 작가 연맹의 건물로 들어섰다.

들어가 보니…… 난리도 아니었다. 무슨 폭탄이라도 떨어진 듯 엉망진창에, 모두가 숨을 죽이고 접근조차 불가능한 기묘한 분위기를 피워 올리는 가운데.

그 사이에서, 오연하게 팔짱을 끼고 앉은 새하얀 수염과 넓은 이마의 노인만이.

 오롯하고 형형히 빛나는 푸른 눈동자로 우리 작가 연맹의 작가들을 오시하고, 압도하고 있었다.

 분위기만 봐도 알겠다.

 저분이 바로 인류 문학사 최고의 거장 중 하나, 레프 톨스토이라는 걸.

 나는 마치 홀리듯이 그에게 발을 디뎠다. 아서 코난 도일이 잠시 나를 걱정스럽게 보았지만, 나는 고개를 저었다.

 아무리 그래도 이제 환갑은 진작에 넘으신 노인 아닌가. 신체 건강한 20대 후반인 내가 못 이기진 않겠지.

 "절 찾으셨다고 들었습니다."

 "자넨 뭔가."

 어, 톨스토이가 영어도 잘해? 나보다 더 유창하게 말하는 것 같다.

 아무튼.

 "……크흠. 찾으셨다고 들었습니다."

 "네놈이, 한슬로 진이냐."

 "그…… 렇습니다.'

 어…… 후.

 나는 톨스토이의 목소리 깊은 곳에서 스며 나오는 살기에 절로 몸을 떨어야 했다.

알렉산드리나 여사님도 그렇고, 이 시대 노인들은 생존자라서 그런가. 무슨 무협도 아니고 살기를 자연스럽게 방출해 대는 거냐……

"한슬로 진."

"그, 예."

나는 그런 살기를 뿜어대는, 문학계의 거장이 대체 무슨 용건이 있는 건가, 하는 마음에 침을 꿀꺽 삼켰다.

그리고.

"어떻게 〈빈센트 빌리어스〉를 쓰고도, 〈던브링어〉 같은 폐기물을 쓸 수 있는 거냐!!"

"……예?"

그…… 쪽?

* * *

Чем люди живы.

사람은 무엇으로 사는가(What Men Live By).

그것은 비단 톨스토이가 1885년에 발표한 단편소설이 아니라, 톨스토이 인생 최후의 화두였다.

물론, 이에 대한 답은 이미 오래전 모세가. 그리고 1800년 전 임재하신 독생자께서 알려 주셨다.

그것은 바로 사랑이다.

믿음, 우정보다 우선하는 가장 위대한 감정이자 신께서

아낌없이 주고 계시는 그것.

그것은 성경만 봐도 명확하다.

—요한복음서 13장 34절. 서로 사랑하여라. 내가 너희를 사랑한 것처럼 너희도 서로 사랑하여라.

—레위기 19장 18절. 마태복음 22절. 네 이웃을 네 몸과 같이 사랑하라.

하지만 톨스토이는 스스로 알고 있었다.

'나는 차라리 이웃을 사랑할지언정, 나 자신의 이 추한 몸뚱어리만은 도저히 사랑할 수 없는 인간이다.'

젊었을 적, 그는 얼마나 추하고 추하며 또 추한 인간이었는가.

부모를 잃고 방황했다 하나, 그를 진심으로 사랑해 주는 형제자매와 숙모가 곁에 있었다.

그러나 그는 그들과 함께하지 못하고 겉돌았으며, 숙모께서 알려 주신 '사랑하는 일의 행복'과 '꾸밈없는 조용한 생활의 아름다움'을 무시하는 삶을 살았다.

대신 그는 방황을 택했다.

고민을 방임하고, 방탕에 탐닉했다.

여인에 탐닉하고, 술에 탐닉했으며, 도박에 탐닉했다.

내일 당장 죽어도 상관없다는 듯 살았고, 오늘 먹고 죽자고 살았으며, 어제 죽었어야 함에도 눈을 떴음을 한탄하며 살았다.

삶의 반대말이 죽음이라면, 그 시절의 그는 사자(死者)

나 다름없었다.

 무엇에도 만족하지 못했고, 무엇에 만족해야 할지 알 수 없는, 그저 죽을 방법을 찾지 못해 살아가던 인생.

 그것이 젊었을 적의 레프 톨스토이었다.

 그런 그도 다행히 나이가 들고, 여행을 다니며, 어느 정도 스스로가 성숙해졌다고 여길 수 있게 되었다.

 그렇게 그는 결혼하고 정착을 할 수 있었다.

 그리고 그간 살아온 인생을 엮어, 역작 〈전쟁과 평화〉와 〈안나 카레니나〉를 완성시켰다.

 이만하면 됐겠지.

 이로써 나는 완전해졌다.

 그에게도 그렇게 생각했던 시절이 있었다.

 그리고, 그것마저도 그의 오만이었다.

 ―예술은 인생의 거울이다. 인생이 의미를 가질 수 없게 되었을 때, 이미 거울의 유희는 흥미를 끌지 못한다.

 세 아이와 고모, 그리고 그를 진정으로 사랑해 줬던 숙모를 잃었을 때. 그는 다시 한번 모든 것을 잃은, 젊었을 적의 방탕한 어린아이가 되었다. 끝없는 공허가 돌아온 것이다.

 다만 지금의 그가 예전과 다른 게 하나 있었으니…… 그것은 그가 이미 충분한 방황을 경험해 봤고, 그것이 한순간의 위안일 뿐 삶에 아무런 도움이 되지 않는다는 점을 깨닫고 있었다는 점이다.

그렇기에 그는 다시 방탕에 빠지지 않고 버틸 수 있었다.

하지만 철학도 과학도 그의 공포와 자기 자신에 대한 혐오를 이기지 못했으니…….

―대체 나는 무엇을 이뤄 냈단 말인가.

인생의 역작? 그게 대체 무슨 의미가 있는가. 죽으면 아무런 의미도 없는 것을.

그렇게 모든 이들이 극찬하는 그 걸작들조차 부정하며 돌아서는 그에게, 그나마 위안의 손길이 되어 준 것은 두 종류의 책이었다.

하나는 당연히 성경이었다.

가장 낮은 곳에 임재하여, 스스로의 모든 것을 희생하는 독생자의 삶은 톨스토이에게 동경의 대상이 되었다.

또 하나는, 성경과 정반대 방향.

가장 낮은 곳에서 발버둥 치고 오르고 또 올랐으나, 그 높은 곳에서 한순간에 추락하여, 거룩한 하나님께 두 번째 기회를 받는 주인공.

그리고 높은 곳에 임하였음에도, 더 높은 곳을 위해 노력하고, 거기서 멈추지 않고 낮은 자리에 있는 자들을 배려하고 노력하는…… 나 자신이 원했던 모습을 그림으로써 저도 모르게 감정 이입할 수밖에 없는 현실적인 영웅.

〈빈센트 빌리어스〉였다.

―나는 빌리어스의 작위를 이으면, 그 모든 것을 버리

고 자연의 나 자신으로 돌아갈 겁니다.

―공작가의 부귀영화, 권력, 그 모든 것은 그저 드높은 천상의 그분과 왕실, 그리고 이 나라에서 나고 자란 모든 이들에서 잠시 빌린 것에 지나지 않지요. 마름이 주인의 것을 전횡하고 있으니, 그것을 원래 주인에게 돌려 드려야지요.

―모든 것을 원래 있어야 할 그 자리에 돌려놓은 다음에, 요⋯⋯ 뭘 할 거냐라⋯⋯ 하하, 글쎄요. 지식 또한 받은 것이니, 아이들을 가르치며 살고 싶군요. 학교 뒤뜰에서 작은 텃밭이나 가꾸면서⋯⋯.

"오, 오오⋯⋯! 오오오⋯⋯!"

이것이다.

이것이야말로 그가 과거 되고 싶었던, 농민들을 위해 싸우는 계몽(啓蒙)의 투사였다.

물론 그 필력이나 사상은 그다지 깊다고 볼 수 없다.

딱히 기독교적인 의미도 찾기 어려웠고, 지나치게 세속적이고 이해관계에 얽혀 있는 모습은 거부감이 들기도 했다.

하지만 그 내용만큼은 그것을 참고 읽을 만한 충분한 가치를 담고 있었다.

그가 경험했던 인간의 민낯이 적나라하게 드러나 있었으며, 부와 권력을 두고 다투는 귀족과 부르주아지들의 이전투구, 그리고 그 사이에서 상처받는 민중의 모습들이 생생하게 그려져 있었다.

무엇보다 이 문제들을 해결하기 위해 빈센트 빌리어스가 펼치는 현실적인 개혁 등은 충분히 고개를 끄덕일 만했다.

그리고 무엇보다…… 원래의 자신의 몸에서 벗어나, 전혀 다른 삶을.

그것도 원래의 역사는 신경 쓰지 않고 자신의 목적을 위한 노력을 경주하며 살아간다는, 그 참신하고도 과감한 전개가 너무나도 센세이셔널했다.

톨스토이 그 자신도 저도 모르게 감정이 이입되고 있을 정도로.

'좋은 작가가 자라고 있었군.'

풍문에 그 영국 작가, 한슬로 진은 간혹 그를 찾아오는 먼 후배인 막심 고리키와 크게 다르지 않은, 이제 활동한 지 겨우 3~4년밖에 되지 않은 신진 작가라고 하지 않은가.

묘사가 적고 거칠다시피 한 서술 방식을 보면 지금 당장의 나이는 크게 많지 않을 터.

아마 나이도 고리키와 크게 다르지 않겠지.

원래는 연재소설이라는 것 때문인지 아니면 작가가 아직 영글지 못했기 때문인지, 구조나 복선 등에서는 여전히 미숙함이 엿보이고 있었지만.

아마 글이 완숙해지면 완숙해질수록, 더 깊은 사상과

기독교 철학을 담은 글을 쓸 수 있게 되리라.

그는 그렇게 한슬로 진의 성장을 기대하며 다른 작품도 찾아보았으나…….

그 희망은 〈던브링어〉를 본 순간 깨져 버리고 말았다.

"대체, 이게 뭐란 말이냐!!"

톨스토이는 야스나야 폴랴나의 자택에서 절규했다.

그야 그럴 수밖에 없었다.

방탕한 척하는 하급 귀족이 도시의 뒤에 숨은 괴물을 쓰러트릴 뿐인, 사상도 철학도 없는 그저 얄팍하기만 한…… 마치 과자처럼 달달하기만 한 스낵 컬처.

심지어, 내용 자체가 마치 젊은 날의 자신 같은……!

'아니야!'

이런 건 그가 원하던 한슬로 진의 소설이 아니다. 톨스토이는 분노했다.

이건 배신이고 타락이다!

겉보기만 화려하고, 괴물이나 요괴의 전승 같은 유치하기 짝이 없는 것을 진심으로 떠들다니.

그 과정도 대의를 위한 무언가조차도 아닌 지극히 개인적인 복수라는 감정을 내뱉을 뿐이지 않은가.

전에서 보였던 기독교적인 사랑이나 애민의 감정은 대체 어디로 갔단 말인가!

민중이 구원을 받긴 하다만 그건 결국 결과론적인 이야기지 않나!

심지어 그 가면이라는 것이 낮에는 방탕한 귀족? 언어도단이다.

이런, 이런……!

톨스토이가 도저히 참을 수 없다고 생각한 즈음이었다. 영국에서 기묘한 소문이 도착했다.

'뭐? 빅토리야(Viktoriya) 문학상?'

톨스토이는 콧방귀를 뀔 생각이었다.

'가장 뛰어난 글을 쓴 사람'에게 상을 준다니, 신이 아닌 누가 감히 '가장 뛰어난 글'을 가늠할 수 있다는 것이며, 하물며 그 상의 이름조차 영국의 여왕 이름을 땄다니.

안 그래도 그 손녀사위인 니콜라이 2세가 갑갑하기 그지없는 개자식이라는 게 밝혀져서 열불이 뻗치고 있거늘, 그런 것을 자신에게 주겠다니. 헛소리에도 정도가 있어야지.

그렇게 단호하게 거절할 준비를 하고 있던 그때.

'아니, 잠시만.'

문득 좋은 기회 아닌가, 라는 생각이 들었다.

이 상을 주는 조직은 영국 왕립 문학회.

한슬로 진은 그 문학적 성취를 볼 때, 왕립 문학회 소속은 아니더라도 나름 영국의 자랑이라 할 수 있을 터.

그렇다면 이번 기회에 직접 영국에 가서 타락한 한슬로 진을 계도하여 이런 허무맹랑한 글을 쓰지 못하게 따끔

하게 가르치고, 겸사겸사 상을 받지 않겠다고 선언한 다음 돌아온다면?

'음, 그래. 그렇게 해야겠군.'

잘못된 길을 들어서려는 후배 작가를 위해서 그 정도의 수고는 해 줄 수 있지.

겸사겸사 어째서 〈던브링어〉의 주인공을 저런 식으로 설정했는지도 묻고, 감히 나에게 저런 폭군의 이름이 붙은 상을 주려 한 무례한 섬 원숭이들도 엿 먹여 주면 나쁘지 않은 일정이 될 터.

그렇게 생각하며 그는 간만에 왕년의 여행 경력을 떠올리며, 영국으로 가는 기차에 몸을 실었다.

물론, 그를 만나러 조지 버나드 쇼가 오고 있었다는 건 전혀, 꿈에도 알지 못한 채.

* * *

"……그으, 래서."

나는 떨떠름하게 중얼거렸다.

이거, 내가 제대로 들은 게 맞지?

"제 정신머리를 뜯어고치고, 〈던브링어〉 같은 환상문학 대신, 〈빈센트 빌리어스〉 같은 제대로 된 글만 쓰란 얘기를 하시려고…… 여기까지 오셨다고요?"

"그렇다."

……이게 도대체 무슨 일이야.

나는 마른세수를 하며 상황을 정리했다.

아니, 뭐. 이해가 안 되진 않는다.

나도 입문작 재밌게 했는데 차기작에서 방향을 이상하게 틀어서 한소리 하고 싶었던 소설, 만화, 게임이 한두 개가 아니었으니까.

하지만 그걸…… 그 톨스토이가? 나한테?

이걸 뭐라고 해야 하나…… 초현실적이라고 해야 하나, 아찔하다고 해야 하나, 영광이라고 해야 하나.

하여간 상상 이상이라 도저히 한 단어로 정의할 수가 없다.

혹시 모르겠다. 별별 감정 표현이 다 있다는 독일어 사전이라도 확인해 봐야 이 감정을 제대로 표현할 수 있을지도.

"알겠는가?! 글이라는 건 말일세, 그것을 읽는 사람들에게 거룩하신 하나님의 뜻을 알기 쉽게 전달하는 교훈의 역할을 해야 한단 말이지!! 〈빈센트 빌리어스〉에는 그것이 있었어! 훌륭했단 말일세! 그런데 대체 그놈의 겉멋만 잔뜩 든 요술쟁이 글 쪼가리는 왜 쓴단 말인가!!"

"그, 칭찬은 감사한데요……."

뭔가 엄청나게 꼰대스러운 이야기가 줄줄 흘러나온다. 그러고 보니 이 시기의 그는 거의 기독교 원리주의에 가까운 신앙인이었다고 했지. 너무 꼰대스러워서 동방정교에서도 이단 낙인을 찍었을 정도로.

 다만, 하시는 말씀은 대충 무슨 말씀인지 알았다.

 21세기의 순문충들과 비슷하지만, 그보다는 좀 더 사회에 적극적으로 나서라는, 훨씬 제대로 된 이야기 아닌가.

 그런 거라면 더 얘기할 거리가 있지.

 게다가, 난 저 사람의 아킬레스건을 알고 있다.

 나는 차분하게, 열변을 토하는 톨스토이의 푸른 눈을 올려다보았다.

 보자, 이 양반이 죽기 직전에 한 말이…… 그거였다지?

 ―농민들은 어떻게 죽지?

What Men Live For

 자랑은 아니지만. 아니, 자랑은 맞나? 하여튼 난 고등학교 때 엄청난 도서실 죽돌이었다.

 활자 중독 소리도 종종 들었지만, 솔직히 생각해 봐라. 벽걸이 에어컨이라는 개념조차 없던 시절에 에어컨 빵빵하게 틀어 주는 곳은 학교 안에 그리 많지 않다.

 선택지가 없었단 소리다.

 아무튼 그렇게 적당히 친구들이랑 밥 먹고 나서 바로 그 위에 있던 도서실에서 책 읽고 뭉그적거리며 점심시간을 보내는 것이 미자 시절 진한솔의 일상이었다.

 그리고 현재 내가 알고 있는 고전소설에 대한 지식은 그때 함양된 게 크다.

 아서 코난 도일, 허버트 조지 웰스, 쥘 베른, 서머싯 몸, 그 외 다수의 다른 작가들…….

당연히 레프 톨스토이도 그 범주 안에 있었다. 그의 단편들은 초등학생 때부터 읽었으니 우선순위도 당연히 높았지.

그러다 보니 일대기도 당연히 알게 됐다.

천재답게 기이한 최후도.

'말년에 귀족 신분과 재산을 전부 버리고 농민이 되겠다고 하다가 아내랑 싸우고 가출해서 일주일 만에 객사? 뭐야 이게?'

솔직히 고등학생 때는 이해를 못 했다.

위대한 대문호의 최후라기엔 조금…… 뭐랄까, 흔하디흔한 술 먹은 가정폭력범이나 인성 파탄자의 최후 같지 않은가.

차라리 숙취로 화장실에 갔다가 변소에서 죽었다는 장군의 이야기가 더 그럴싸했다.

물론 머리가 굵어지고, 당시 제정 러시아의 실상을 알게 되면서 나름대로 이해는 하게 됐다.

남들은 혁명이라도 해야 할 정도로 힘들게 사는데, 자기는 귀족으로서 글 쓰고 다니는 게 양심상 찔릴 수밖에 없다는 의미로 말이다.

그리고 그런 사람이니만큼, 서민의 입신양명과 반기득권적인 〈빈센트 빌리어스〉에 감정이입하고, 귀족의 노블레스 오블리주를 미화한 〈던브링어〉에 반감을 보이는 것까지도 뭐, 이해 못 할 건 아니긴, 한데…….

'아니, 그래서 뭘 어쩌라고?'

솔직히 내가 알 바임?

뭐, 아프리카 난민들을 위해서 주인공이 배 터지게 폭식하는 장면은 넣으면 안 되고 그래야 하는 거야?

어차피 잘 먹고 잘사는 런던 시장을 기준으로 쓴 글이지, 이게 러시아에서 고생하는 농민들 보라고 쓴 글은 아니지 않는가.

하지만 그걸 솔직하게 말했다간?

―갈!! 네가 인-터내쇼날을 모독하는가! 공산-마교가 네놈을 갈가리 찢으리라!!

―천마재림 만마앙복!

두렵다…… 역시 이래서 빨갱이가 안 되는 거고 러시아도 안 되는 거다. 당연히 시뻘건 러시아인은 더더욱 안 된다.

아무튼, 이런 꼰대는 상대하는 방법이 따로 있다.

바로.

"우선, 빈센트 빌리어스를 잘 봐주신 건 감사합니다."

"내가 잘 봐준 게 아닐세. 그럴 만한 글이니까 그렇게 본 거야. 물론 필력은 좀 높여야겠지만."

"실례지만, 구체적으로 어느 부분이 좋았는지 들을 수 있겠습니까?"

"그걸 직접 들어야 하는가?"

"사람의 감상은 사람마다 다르니까요."

태극권이지. 상대의 논리를 일단 전부 다 들어 주기.

그러자, 톨스토이는 곰곰이 생각하더니 천천히 말했다.

"어느 부분이냐라…… 그야 역시 주인공이 올챙이 적 생각을 잃지 않는 점이겠지."

"올챙이요."

"그래. 입신양명한 뒤 자신의 과거를 잊는 추악한 자수성가자들이 얼마나 많은가."

톨스토이는 이를 갈며 말했다.

물론 나도 뭐, 자본주의 세계에서 소위 자수성가한 강도 귀족들의 개츠비짓이 얼마나 심각한지는 알고 있긴 하다만, 그게 또 러시아 입장에서는 다르게 보였던 모양이다.

대표적으로 예카테리나 2세.

한국인인 난 피상적으로밖에 몰랐지만, 그녀는 원래 세력이 한미한 독일 귀족의 여식이었다고 한다.

아무리 후진국이었다지만, 그 러시아 황실에서 보기에도 시골뜨기 소녀라고 깔보고 천시했을 정도로.

그래서 그녀가 반란을 일으켜 남편 표트르 3세를 폐위시키고 스스로 황제에 올랐을 때, 그리고 '농노 역시 우리와 같은 사람이다'라고 말했을 때, 많은 농민은 거기에 희망을 가졌다.

하지만 결과는?

근대화에는 성공했지만, 예카테리나 2세가 구축한 제정 러시아는 귀족들의 권한을 대폭 강화해 주었고, 농노들의 권리를 제한하고 거의 귀족들에게 예속된 노예 수준으로 전락했다.

"뭣도 모르는 우리 러시아의 지식인이란 작자들은 그저 국가의 영광이니, 나폴레옹에게 이길 수 있는 기반을 만들었다느니 하면서 그 암군을 명군이라 칭송하지. 하나 틀렸어! 그 마녀는 그저 나라를 봉건시대로 되돌렸을 뿐이야! 나라가 망한다 한들, 나라의 근본인 농노들이 죽지 못해 사는 삶을 살면 대체 무슨 의미가 있나?!"

"……그래서 빈센트 빌리어스를 좋아하시는 거군요."

"그래. 그의 개혁은 평민들에게 펼쳐질 수 있도록 유도했으니까. 부정부패를 폭로하고 물가를 안정시키며, 전쟁을 회피하여 귀족의 권력을 축소하면서도 부르주아를 견제할 수 있도록 규제와 복지, 그리고 노동조합의 지원을 이끌었지."

그야 뭐…… 내가 그 부르주아지들이 만든 신자유주의 지옥을 보고 온 사람이니까.

딱히 내가 빨간 걸 찬양한다거나 그래서 그런 걸 쓴 건 아니다.

그저 어느 한쪽에 극도로 경도되면 그건 그거대로 괴물들만 남는단 얘기지.

―사기업은 자유시장 경제의 위험한 존재들이며 자유에 찬성하지만 정작 자기들이 필요할 때마다 정부 개입을 원한다.

―기업의 유일한 사회적 책임은 이윤을 극대화하는 것이다. 단, 게임의 룰을 지켜야 한다. 사기나 속임수 없이 자유 경쟁에 임하는 것이 그것이다.

신자유주의의 어머니인 밀턴 프리드먼도 이렇게 말할 정도다. 어쨌든 이 인간도 어지간한 자수성가자이긴 한데, 최소한의 양심 정도는 장착했었단 말이지.

아무튼.

"반면 〈던브링어〉는 어떤가. 귀족의 의무니, 개인적인 복수니! 괴물을 잡을 힘이 있으면 제일 먼저 민중을 탄압하는 암군과 간신배의 무리부터 처리해야 할 것 아니냐, 이 말일세!!"

"저, 그런 거 쓰면 잡혀갑니다……."

"하! 원래 글쟁이란 그런 법이야!! 푸시킨(Alexander Pushkin, 1799~1837)이 괜히 탄압받은 게 아니었단 말일세!! 도스토예프스키(Fyodor Dostoevsky, 1821~1881)를 봐! 그, 지가 미쳐 있어서 세상 모두가 미쳐 있었다고 믿었던 변절자 놈이 어떻게 돼졌나?"

으음…… 아주 막말을 하시네. 그러고 보니 도스토예프스키는 꽤 국수주의적인 면이 있었다 했지.

톨스토이가 싫어한 것도 이해가 간다.

"알겠나? 작가가 양심을 저버리면 그것은 작가라 할 수 없네! 그리고 그 양심은, 더 많은 이들이 주의 사랑 안에서 행복한 삶을 누리지 못하는 것에 아파하는 것을 말하고!"

"그래서 농민들을 위한 글을 써야 한다는 거군요. 농민이 사회적 약자이고, 고통받고 있으니까."

"바로 그렇지!!"

나는 씁쓸하게 웃으면서 고개를 끄덕였다.

뭐, 저것도 글을 쓰는 동기고 근력이지. 참여문학(Engagement literature)이 괜히 한때 문학의 주류였던 게 아니다.

톨스토이가 진심인 것도 알고 있다.

다만.

"현실적으로, 농민이 사회적 약자를 벗어나려면 어찌해야겠습니까."

"……뭐라고?"

"제가 원래 이스트엔드 출신의 변호사인 빈센트를 빌리어스 가의 막내 몸에 집어넣은 건, 변호사 빈센트가 죽었기 때문이 아닙니다."

나는 조용히 말했다.

만약 정말 언더독, 빈센트의 사회개혁만을 다루고 싶었다면, 차라리 빈센트가 〈몬테크리스토 백작〉마냥 살아나는 글을 썼을 거다.

물에 빠져 죽는다고? 그런 건 적당히 큰 상선 같은 것을 우연히 지나가게 해도 된다.

이는 원 세계에서 쓰이던 재벌물도 마찬가지다.

재벌 가문의 막내아들 몸에 빙의하여, 재벌의 중심으로 올라선다.

이런 내용이 주류가 된 이유는 단순히 당시 웹소설의 메타가 회·빙·환이어서만은 아니다.

그 이유는.

"언더독의 업셋은 시스템을 파괴하기 때문입니다."

"그게 나쁜가?"

"그 자체는 상관없습니다. 하지만, 거기에는 필연적으로 희생자가 나옵니다."

나는 러시아 혁명을 알고 있다.

민주주의는 피를 먹고 자란다지만, 20세기까지도 전근대적 봉건제에 의지했던 러시아가 혁명에서 흘린 피는 지독하게도 많았고.

심지어 그 피를 먹고 솟아난 자, 레닌은 필연적으로 독재자가 되었다.

이게 싫으면? 예카테리나 2세가 된다.

피상적으로만 알고 있었음에도, 나는 톨스토이의 설명에서 예카테리나 2세가 전근대적 봉건제로 회귀한 이유를 알 것 같았다.

그 시대에 아내가 남편을 몰아내고 황제가 된 혁명이

다. 누가 그걸 좋아하겠나?

지지층을 확보하기 위해선 필연적으로 그들이 원하는 바를 들어 줘야 했을 것이고, 그것이 결과적으론 러시아를 봉건제로 돌려놓은 것이다.

즉, 언더독이 기득권을 차지하는 업셋의 결과는 결국 둘 중 하나다.

언더독이 기득권이 되거나.

기득권 모두를 갈아엎어 버리거나.

그리고 그 지독한 피 냄새는 결국 또 다른 기득권의 고착을 낳는다. 적백내전의 결과가 뭐였나? 결국 스탈린 아니었나?

그래서 결국, 찝찝한 핏빛 엔딩을 보는 것보단 주인공의 해피엔딩을 지향해야 하는 웹소설에서는 기득권 내부에서의 개혁 쪽이 좀 더 현실적이며 대중적인 것이다.

그리고 현대의 대중이었던 내 입장에서 중요한 건……결국 대화와 타협, 그러니까 정반합이다.

"당연히 영국도 이상사회는 아닙니다. 하지만 방향성만은 그나마 틀리지 않았다 생각합니다."

현대 민주주의의 기반 대부분은 영국에서 나온 게 사실이니까.

마그나 카르타(Magna Carta).

권리장전.

권리청원.

그리고 차티스트 운동과 점진적인 선거권 확대, 마지막으로 세계 인권 선언까지.

아, 마지막은 미국이 중심이던가?

하여튼 이런 과정에 과정을 거친 끝에, 한국에서도 촛불혁명으로 이어진 거니까.

"그리고 이 과정에선…… 왕이 귀족의, 귀족이 부르주아의, 부르주아가 프롤레타리아, 좀 더 정확히 말하면 대중(Mass People)의 요구를 받아들이는 대화와 타협의 과정이 있었다. 전 그렇게 생각합니다."

"대중이라…… 낯선 단어군."

그야 아무래도 20세기에나 나온 말이니까. 나는 어깨를 으쓱이며 말했다.

"마르크스는 생산수단이 없다는 점에서 한데 묶긴 했습니다만, 도시 프롤레타리아와 중간관리직, 그리고 농민은 아무래도 이해관계가 크게 다를 수밖에 없지 않겠습니까."

쉽게 말해 1차 생산 종사자와 2, 3차 생산 종사자는 좀 괴리가 있다는 거지.

"그렇다면."

톨스토이가 나를 불타는 눈으로 보았다.

"희생을 만들지 않고 세상을 움직여야 하는 게 자네 생각이고, 그러려면 기득권, 귀족이 비기득권, 대중의 설득을 받아들일 필요가 있다고 말하는 겐가?"

"그리고 그 대중의 말을 받아들이고, 자신의 기득권을 어느 정도 희생할 준비가 되어 있는 '깨우친 기득권'이 있어야겠죠."

그게 노블레스 오블리주다.

나는 그렇게 생각했다. 다만 그걸 굳이 말로 하진 않았다.

톨스토이라는 천재라면, 이미 내가 말하지 않아도 대충 내 생각을 짐작하고 있을 테니까.

"노블레스 오블리주라…… 더없이 뼈아픈 말이군."

톨스토이가 고개를 숙이며 말했다.

"은근슬쩍 내게 '넌 귀족으로서 이 의무를 지켰냐'는 말 아닌가. 혼내러 와서 혼이 날 줄은 몰랐군."

"아니, 왜 해석이 그렇게 됩니까."

"됐네, 무슨 뜻인지 알아."

투덜거리며, 고개를 든 톨스토이는 내게 무언가를 내밀었다. 나는 그것을 받아 들고는 슬며시 미소를 지었다.

〈던브링어〉 단행본판이었다.

"자네가 만든 노블레스 오블리주의 표상에게, 사인 한 번 해 주게."

"영광입니다. 선생님."

"하지만 러시아 사이비 교주 빌런은 내가 보기에 너무 지나쳤어. 다음에 다른 놈 내보내게."

"하, 하하."

넵, 알겠습니닷.

* * *

그렇게 해피엔딩.
일 줄 알았는데 아니었다.
"그런데 말일세, 자네가 말한 그 대중이라는 것이 참 연구대상이군. 자네 말대로라면 그 대중의 말을 부르주아가 타협할 텐데, 〈빈센트 빌리어스〉는 그럼 왜 쓴 겐가? 그건 〈던브링어〉처럼 노블레스 오블리주를 설파하는 게 아니라, 부르주아의 몸으로 대중을 대변하는 소설 아닌가?"
"흠, 과연. 대중은 그 몸집이 커지면 커질수록 오히려 그 대중에 속한 개인이 희석되니, 오히려 '특별한 위치'에 대한 르상티망(ressentiment)을 갖게 된다라…… 과연, 그럴 수 있겠군."
"하지만 그래서야 니체가 지적한 것처럼 '노예의 도덕'을 가진 것에 불과하지 않은가? 어째서 지식을 가졌는데도 그것이 지혜로 연결되지 못하는 겐가? 흠, 오히려 지식이 너무 많아 올바른 가치 판단을 할 수 없게 되고, 자유를 부담스러워해 오히려 어느 정도의 억압을 원하게 된다. 과연, 지식의 저주라. 매우 재밌는 말이군."
"그런데 말일세, 그 지식의 저주라는 건—."

내가 잘못 생각했다.

내가 어설픈 미래 지식으로 톨스토이를 설득하려 했다니!

꼰대에는 두 가지 종류가 있다. 하나는 자기가 아는 게 없다는 걸 알기 때문에 그 조금 아는 거에 집착하는 상꼰대.

또 하나는, 진짜로 지식이 많고, 그 지식대로 세상 돌아가는 꼬라지가 안 맞아서 화를 내는 이상주의자 꼰대.

둘을 구분하는 방법은 간단하다. 새로운 지식을 알려줬을 때 화내면 전자, 더 탐욕스럽게 그 지식을 얻으려 하면 후자다.

그리고, 톨스토이는 명백히 후자.

그것도 어마어마한 탐식가(貪識家)였다.

그래서.

"뭐!? 고작 이 정도 토론했다고 벌써 입이 말라!? 이런, 요즘 젊은이들은 나약해서는! 이봐! 여기 물 좀 갖다 주게!"

살려 줘. 더 말할 것도 없단 말이야! 맙소사, 내가 그쪽에 진심으로 파고들 거였으면 행정대학원을 갔지, 소설을 썼겠냐구요!

뭐, 그나마 다행이라면.

"선생님, 실례하겠습니다. 한슬, 여기 물일세. 좀 쉬고 있게나."

"가, 감사합니다."

"호오. 자넨?"

"아서 코난 도일이라 합니다."

이곳에 나만 있는 게 아니었다는 거지.

코난 도일 선생은 내게 물컵을 건네며 슬그머니 내 자리를 대신했다.

"아, 〈셜록 홈스〉인가! 좋지. 취향은 아니지만, 재미있는 글이더군!"

"감사합니다. 저도 선생님의 글을 보고 많은 감명을 받았습니다."

"호, 뭐가 제일 좋았나?"

"〈세바스토폴 이야기(Севастопольские расс казы)〉"

"하, 그때 일을 생각하면 지금도 속이 뒤틀리지!! 젠장, 〈크림 반도는 지옥이었네! 2시간 전만 해도 고결했거나, 비열했거나…… 가지가지의 꿈과 욕망에 차 있던 그 사람들이!! 몇백이나 되던 사람들이 피범벅이 된 굳은 손발을 팽개친 시체가 되어 땅바닥을 뒹굴거렸지! 니콜라이, 그 병신 새끼의 알량한 욕심 하나 때문에! 그놈의 해양 진출이 뭐라고!!〉"

"……음, 콘래드 씨?"

아서 코난 도일만이 아니었다.

다른 작가들이 조금씩, 쭈뼛대면서도 모여들고 있었다.

원래 작가들은 은근히 아싸 기질이 있지만, 또 덕후들이기도 하니까.
　게다가 승인 욕구 몬스터 기질도 있으니, 그들은 자연스럽게 자신이 어필할 수단을 갖고 톨스토이에게 말을 걸기 시작했다.
　"〈저, 저도 끼어도 되겠습니까!?〉"
　"〈자넨 뭔가? 러시아어를 제법 잘하는군.〉"
　"〈서, 서머싯 몸이라고 합니다. 아직 등단은 못했…….〉"
　"〈큰 소리로!! 안 들리잖나!! 그 목소리로 작가가 될 생각을 하는 겐가, 지금!?〉"
　"〈윌리엄 서머싯 몸입니다! 지금 쓰고 있는 글이 있는데, 혹시 좀 봐주시겠습니까!?〉"
　"〈좋아! 아주 활기차군! 가져와!!〉"
　이미 한번, 나와 아서 코난 도일에게 맹랑한 질문을 했던 문학청년 윌리엄 서머싯 몸이라든지.
　"그대가 오니 내가 할 일이 없군. 아예 나 대신 대표 안 하겠나?"
　"뉘시오?"
　"조지 맥도널드라 하네."
　"맥도날드 선배……?! 살아 있었소!?"
　"하나님의 은혜로 말일세. 후! 디킨스 선배가 살아 있었다면 오죽 좋아했을까."
　"디킨스 선배라…… 그리운 이름이군. 나도 진심으로

존경했소."

"신께서도 무심하시지. 어찌 오래 살아야 할 사람을 그리 쉽게 데려가시고 나 같은 늙은이를 살려 두시는지…… 후!"

우리 작가 연맹 대표, 조지 맥도널드라든지.

그 외 하나둘씩, 존경하는 업계 대선배이자 살아 있는 전설을 영접하기 위해 모여들었다.

그래, 딱 내가 19세기 처음 와서 아서 코난 도일이나 쥘 베른하고 만났을 때도 저런 반응을 보였겠지.

그리고 톨스토이는 한때 최고 인싸였다는 것을 온몸으로 증명하겠다는 것인지, 금세 작가 연맹 소속 작가들과 가까워졌다.

저게 원래의 그 꼬장꼬장했던 사람이라는 게 도저히 믿기지 않을 정도로.

대작, 사인, 작품 첨삭 같은 가벼운 것부터 진지한 정치나 경제, 그리고 문학에 관한 토론까지.

저 위업을 아무렇지 않게 달성하는 걸 보면 한창땐 진짜 어마어마하게 날렸던 사람이구나, 라는 사실을 새삼스럽게 깨닫는다.

근데 왜 나한텐 그렇게 심하게 살기를 뿜어댔던 거냐고. 차별이 심각하다. 흑흑.

물론 대놓고 묻진 않았다. 붙잡히면 또 말로 뇌를 해부당할 정도로 몰아붙여질 것 같아서.

그리고 그렇게, 톨스토이는 작가 연맹에서 수개월 머물며 매일같이 토론을 벌이고, 대화를 나누었다.

그리고, 그게 무슨 뜻이냐.

숨만 쉬어도 영국인들의 국뽕을 채워 줄 기사가 충분히 흘러나왔단 뜻이다.

〈톨스토이, 작가 연맹에서 수일째 문학 토론!!〉

〈루이스 캐럴과 톨스토이, 문학의 두 거장이 한자리에 모이다!!〉

〈톨스토이, "찰스 디킨스는 프리드리히 실러(Friedrich Schiller, 1759~1805), 빅토르 위고(1802~1885)와 비견되는 참되고 선한 예술가."〉

〈톨스토이, "문학의 미래는 러시아의 안톤 체호프와 막심 고리키, 영국의 한슬로 진에게 달렸다."〉

"크으으으!!"

"이거제!!"

"당장 서명하시오! 영국은 진정한 문학의 종주국이며……!"

"여기, 톨스토이가 얘기한 책 전부 주시오!!"

〈전쟁과 평화〉와 〈안나 카레니나〉의 1896년 에디션이 순식간에 완판되었다.

톨스토이가 극찬한 실러의 극본과 빅토르 위고의 〈장발장〉, 그리고 찰스 디킨스의 책들도 오랜만에 재판되었고, 출판사들은 도스토예프스키와 안톤 체호프, 그리고 막심 고리키의 책들의 저작권을 사들이고 번역에 들어갔다.

작가 연맹의 작가들은 톨스토이를 찬미하고, 톨스토이는 찰스 디킨스를 칭찬했으며, 다시 디킨스의 후계자로서 한슬로 진과 작가 연맹의 인지도가 올라가는…… 그야말로 꼬리에 꼬리를 무는 인지도 상승의 선순환 바퀴가 빙글빙글 돌아갔다.

그리고 이 말은.

정작 이 일의 시초였던 왕립 문학회가 뒷전이 되고 있었단 뜻이다.

"이걸, 대체 어떻게 해야 한단 말이오!?"

"……이미 바람은 저쪽을 향해 불고 있소. 일단은 견뎌야지."

"지금 그 바람에 쓸려나갈 판이란 말이오!!"

"……."

왕립 문학회 고문, 러디어드 키플링은 이를 악물었다.

대체 왜 일이 이렇게 되었단 말인가? 톨스토이가 디킨스를 존경하고 한슬로 진의 글을 좋아했다고? 그런 정보는 없었는데!

"아직."

키플링은 이를 빠득빠득 갈면서 말했다.

"아직 아니오."

"그게 무슨 말이오!?"

"생각해 보시오. 우리가 적대하는 건 작가 연맹이지 톨스토이가 아니지."

깊은 한숨을 쉬고, 키플링은 숨을 들이마셨다. 그리고 천천히 숨을 고르며 말했다.

"예정대로 톨스토이에게 상을 줍시다. 그리고 그 명성을 이용해 예정대로 빅토리아 문학상을 그 자체로 최고의 문학상으로 만드는 것이오."

"그렇다면……!"

"작가 연맹 수준은 아니더라도, 그 후광을 조금이라도 업을 수 있겠지!"

물론 아니다.

키플링은 알고 있었다. 세상은 1등만 기억하지, 2등만 기억하지 않는다.

비슷한 시기 저 그리스 아테네에서 열리고 있는 올림픽인가 하는 것과 마찬가지였다. 결국 금메달만 기억할 것이다.

그러니, 이것은 어디까지나 내부 전환용이다.

'내년까지만 버티면 된다.'

올해에 이렇게 큰 소란을 일으켰다.

그렇다면 내년, 정말 진짜로 왕립 문학회의 입맛에 맞는 작가를 뽑자. 그리고 그 작가가 왕립 문학회의 비위에 맞는 말을 해 준다면, 그때는 제대로 된 수혜를 받을 수 있을 것이다.

그때까지만 버티면, 톨스토이의 영향 정도는 가볍게 날려 버릴 수 있을 것이다…… 그렇게 생각했다.

그러나.

〈속보! 톨스토이, 빅토리아 문학상 거절!〉

〈"귀족에게는 지나치게 과분하나, 작가에게는 지나치게 성가신 상……."〉

〈극비! 톨스토이, 찰스 디킨스 문학상 공모전의 심사위원장 자리 응낙!〉

"으아아아아!! 대체 왜!!"

때려치워 버릴까.

키플링은 저도 모르게 그렇게 생각했다.

　　　　　　　　＊　＊　＊

1896년, 6월 9일.

"축하하네, 젊은이."

"가, 감사함니드아……!"

"자자, 웃으세요! 치−즈!!"

찰칵.

애 기절하겠네. 나는 작가 연맹 건물 앞에서 톨스토이에게 직접 상을 건네받고, 그와 함께 사진을 찍는 육사생도가 얼어 있는 것을 보며 피식 웃었다.

제1회 찰스 디킨스 문학상 공모전 대상자, 〈황무지의 봄〉을 쓴 에드워드 플런켓이다.

육사생도라…… 그러고 보니 처칠은 지금 뭐 하고 있

으려나? 나이로 보면 벌써 재작년에 졸업해야 정상일 텐데, 이상하게 이번 공모전 1차 통과작 중에 이름이 있어서 크게 놀랐다.

설마…… 1년 꿇었나? 하긴, 공부는 지지리도 못했다고 하니 그럴 수도 있겠다.

그때 그렇게 생각하는 내게 아서 코난 도일이 다가와 말을 걸었다.

"들었나? 저 친구, 이제 겨우 이튼 칼리지 졸업해서 샌드허스트 1학년이라던데."

"들었습니다. 저희 집 몬티가 말하길, 자기 많이 도와줬던 연극부 선배라데요."

"허, 그래?"

세상 참 좁다니까. 아니, 귀족 기득권들이 좁은 건가?

뭐, 장르문학도 결국 문학이니 가진 집이 하기 좀 더 편한 감이 없잖아 있긴 하지. 이튼 칼리지-샌드허스트는 이 시대 귀족들의 정규 루트 중 하나였으니까 말이다.

"그러고 보니 선생님 동생분도 샌드허스트 졸업했다고 하셨죠?"

"음, 졸업하느라 고생했으니 몇 년 쉬다가 임지로 가겠지. 그동안 적당한 혼처를 알아봐서 독립시킬 생각이긴 한데……."

말을 하다 말고, 아서 코난 도일은 나를 보았다. 뭐야. 왜 동생 이야기하다가 나를 봐?

"자네는 대체 언제쯤 혼인을 할 생각인가?"

"아니, 저 같은 아시안이 이 영국에서 어떻게……."

"웃기는 소리. 밀러 씨도 그렇고 나도 그렇고, 중매해 달라면 얼마든지 해 줄 수 있네. 이참에 우리 막내는 어떤가? 자네도 만나 봐서 알겠지만 참 참하고 착한 아이일세."

"아니, 저보다 10살 가까이 어린 애잖아요."

게다가 미성년자고. 아니, 올해로 만 19살이니 딱 민증 나올 나이인가? 이 시대 영국엔 민증 같은 게 없기는 하지만.

"저런, 안 되지! 남자는 혼인을 해야 신께서 주신 사명을 이행하는 거라네!!"

그리고 그런 우리 사이로, 언제 들어왔는지 톨스토이가 다가와 웃었다.

'어라, 축사는?'이라고 생각해 보니 어느새 조지 맥도널드 대표님이 기자들 앞에서 일장 연설 중이시다.

"뭐 하면, 내 딸이라도 소개받겠나? 보자, 마리아는 결혼했고, 알렉산드라가 아직 미혼이군."

"……혹시나 해서 여쭤보는데, 몇 년도 생이죠?"

"84년생."

초등학생이잖아!

나는 물론이고, 아서 코난 도일 역시 우리 집 매지보다 더 어린 애를 소개시켜 주겠다는 말에 큰 충격을 받은 얼굴이었다.

아니, 그보다 대체 이 영감님은 그럼 대체 언제 자식을 보신 거야? 정정하시네, 진짜.

"뭐, 농담일세. 결혼은 자네 선택이지만, 반드시 해야 한다는 걸 명심하게. 결혼해야만 삶의 의미와…… 하나님의 은혜를 느낄 수 있네."

의외네. 나는 톨스토이의 가정불화에 대해 알고 있었다 보니, 그의 이런 태도가 뜻밖이었다.

그러고 보니 돌아온 탕아가 개심하기로 결심한 원인 중 하나가 결혼이었으니, 이런 얘기를 하는 것도 아주 이상하진 않지.

"그야…… 하고 싶기는 한데, 이래저래 바빠서요. 아직은 글에 집중하고도 싶고."

"흐음. 작가로서는 좋은 마음가짐이군."

다만, 하고 톨스토이는 내 어깨를 두드리며 말했다.

"그렇다고, 글을 쓰는 것만이 목적이 되진 말게."

"……예?"

"자네는 숨을 쉬기 위해 사나?"

아, 이해했다.

그냥 숨 쉬듯이 자연스러운 걸 굳이 목적으로 두지 말라는 거구나.

"사람은 무엇으로 사는가(What Men Live By). 하지만 그것과…… 사람은 무엇을 위해 사는가(What Men Live

For). 그것은 다른 문제지."

톨스토이는 내 눈을 똑바로 보았다.

"자네가 내게 했던 말은 틀리지 않았네. 하지만 난 거기서 자네가, 대중이란 '환경'에 적응했다 뿐이지, 자네의 견해를 대중에게 설파하려 하는 의지는 잘 안 느껴지더군."

그야…… 대중은 그런 거 별로 안 좋아하니까.

하지만 톨스토이는 어깨를 으쓱였다.

"나쁘단 이야기는 아닐세. 되도록 많은 사람들의 호감을 얻으려면 그것도 필요하겠지. 다만, 그 예수님조차 적이 있었는데 일개 개인이 어떻게 그 대중이라는 불특정 다수 전체의 환심을 사려고 하나? 그러면 그럴수록 자네 '개인'은, 자네 말마따나 옅어지지 않지 않는가."

진지하게.

인생의 평지풍파를 전부 겪어 본 인생의 대선배로서, 대문호는 나에게 충고했다.

"스스로를 되짚어 보고, 자네의 중심이 될 만한 삶의 목적을 찾아보게, 한슬로 진. 내가 보기에, 자네에게 필요한 건 그거야."

장미와 늑대

 레프 톨스토이가 영국에서 숨겨 왔던 인싸 본능을 아낌없이 표출하고 있던 그때.
 반대로 러시아로 와 길이 엇갈렸던 조지 버나드 쇼는.
 "미안하구려. 술을 드려야 하는데 내 몸 상태가 좋지 못해서."
 "신경 쓰지 마시오. 보드카는 이미 많이 마셨으니, 이……."
 "크바스(Kvass)라 하오."
 "그래, 이런 색다른 것도 괜찮구려!"
 이쪽은 이쪽 나름대로, 만나고 싶었던 사람들과 국경의 벽을 허물고 있었다.
 ―기왕 러시아까지 왔는데, 굳이 곧장 돌아갈 필요가 있나?

러시아란 것이 원래 옆 마을 가듯 쉽게 갈 수 있는 동네도 아니지 않는가?

게다가 모든 작가들은 한때 독자였고, 평론가를 할 정도로 깊게 파고든 독자라면 더더욱 그러한 법이다.

특히 버나드 쇼는 단순한 작가나 평론가가 아닌, 전방위적으로 활동하고 평론했던 문화의 미식가이며 대식가이고 잡식가(雜食家).

그중에서도 문학에 버금갈 정도로 깊게 파고든 것이 음악이고, 러시아는 독일과 함께 클래식 음악의 본고장이다.

표트르 차이코프스키(Pyotr Tchaikovsky, 1840~1893)의 묘소에 참배하고, 러시아 국민악파의 대명사인 러시아 5인방 중 생존한 셋의 사인을 받아 보고, 상트페테르부르크의 마리노프스키 극장에서 발레를 관람.

그것만으로도 조지 버나드 쇼는 개인적인 욕망을 아낌없이 풀고 있다고 해도 좋을 정도로 만끽하고 있었다.

그리고 톨스토이가 없다고 러시아에 문호가 없는 것도 아니지 않은가.

대표적으로 지금 버나드 쇼의 술잔에 크바스를 채워 주고, 자신은 적당히 따뜻하게 데운 우유를 마시는 러시아인.

안톤 체호프(Anton Chekhov)는 창백한 얼굴에 애써

쓴웃음을 지으며 프랑스어로 말했다.

"크흠, 이거, 먼 곳에서 손님이 왔는데 미안하오. 톨스토이 선배가 워낙 성격이 그래 놔서."

"흐흐, 거장들이란 사람들 성격이 원래 다 그렇지. 신경 쓰지 마시우."

조지 버나드 쇼 역시 고개를 끄덕이며 프랑스어로 화답했다.

체호프는 영어를 못했고, 버나드 쇼는 러시아어를 못했지만, 국제 공용어인 프랑스어면 충분했다.

"그런데 의외군. 정말 톨스토이 선생이 〈빈센트 빌리어스〉를 그 정도로 극찬했단 말이오?"

"물론이오. 큭, 이건 비밀이지만 자기 젊었을 때랑 정반대라 맘에 든다더군. 아! 물론 나도 괜찮게 생각하오. 프랑스어 번역판을 구매해서 봤는데, 문장이 간결한 게 맘에 들더군."

"하긴, 나도 그의 작법 스타일을 보고 체호프 당신이 많이 떠올랐소. 그러고 보니 그 친구, 경구처럼 이야기하는 것 중엔 당신이 말했다던…… 그, 총 얘기도 가끔 있었지."

"총? 그건 혹시 복선에 관한 얘기요?"

"그렇소. 1막에서 등장시킨 총은 최소 3막에선 쏴야 한다던 그거요."

"거참, 이상한데……."

체호프는 고개를 갸웃거렸다.

물론 개인적으로 생각하고 있던 서사 이론은 맞다. 하지만 그건 분명 후배에게 보낸 개인적인 편지에서만 잠깐 언급한 것일 텐데?

"뭐, 이름만 땄을 뿐이지 스스로 터득한 이론 아니겠소?"

"흠. 확실히 그럴 수도 있겠군."

말은 거창하지만 결국 '떡밥을 뿌려 뒀으면 무조건 써야 한다.' 정도의 이야기니까.

비단 안톤 체호프뿐만 아니라 아서 코난 도일 같은 추리소설 작가들도 종종 하는 이야기고.

물론, 체호프와 별개로 조지 버나드 쇼는 이어진 의문을 떠올릴 수밖에 없었다.

'그런데 그러면 맥거핀(Macguffin)이라는 것은 대체 어디서 배워 온 말이지······.'

맥-이라고 붙은 거 보면 어디 스코틀랜드 말인 것 같긴 한데, 정작 스코틀랜드에서는 들어 본 말이 없는 단어였다.

그쪽 출신 작가들에게서도 들어 본 적이 없었고.

심지어 아서 코난 도일이 전해 주길, 이런 문답을 했다고 한다.

—스코틀랜드 북부 산악지대에서 사자를 잡는 데 쓴다고 합니다.

―스코틀랜드에는 사자가 없네만·······.
―아, 그럼 맥거핀은 아무것도 아닌 거군요.
―??
―모든 것이기도 하고요.
―??
······결국 그냥 동양의 어느 신비한 말을 억지로 번역한 것이 아닐까, 정도로 끝냈다.
'에라, 모르겠다.'
나중에 돌아가서 언젠가 각 잡고 물어봐야지.
그렇게 결심한 조지 버나드 쇼는 복잡한 머릿속을 털어버리고 다시금 체호프와 술잔을 기울였다.
아직 러시아의 대문호들에게 묻고 싶은 것도, 이야기하고 싶은 것도 많았으며·······.
만날 인연도 많이 남아 있었다.
고리키라는 전속 통역가도 있겠다, 그렇게 반쯤 러시아 일주가 시작되었다.

시인 콘스탄틴 발몬트(Konstantin Balmont), 소설가 알렉산더 에르텔(Alexander Ertel), 발레리 브류소프(Valery Bryusov)와의 자리에 대놓고 끌고 다녔으며, 고리키 역시 이를 영광으로 여겼다.

마지막으로.

"〈처음 뵙겠습니다! 이반 알렉세예비치 부닌(Ivan Alekseyevich Bunin)이라 합니다!〉"

장미와 늑대 〈139〉

"반갑네. 버나드 쇼일세."

막심 고리키보다 2살 어린 청년으로서, 경력으로 치면 고리키보다 훨씬 오래전부터 활동한 차세대 문인인 이반 부닌까지.

영국의 평론가이자 극작가로서, 만족스럽게 사람을 만나고 다닌 덕에, 조지 버나드 쇼는 먹지 않아도 배가 부를 지경이었다.

"고맙네, 고리키 동지. 덕분에 정말 뜻깊은 관광을 하고 가는 듯하군."

상트페테르부르크의 어느 이름 없는 작은 호텔.

푹신한 의자에 몸을 넌 버나드 쇼는 그렇게 말하며 고리키에게 보드카를 따라 주었다.

불곰 같은 고리키는 우직하게 고개를 숙여 그것을 받아 마셨다.

"저야말로 감사하지비요, 쇼 동지. 덕분에 개안을 하였습네다."

처음에는 그 몸짓 하나하나에 움찔했지만, 이제는 익숙해진 버나드 쇼는 그저 기특한 후배를 만족스럽게 볼 뿐이었다.

그리고, 그 호의를 확인한 고리키가 물었다.

"그러면 동지, 귀국은 어떻게 생각하고 계십네까?"

"자네도 알지 않은가? 올해 런던에서 국제 사회주의 노동조합 총회(International Socialist Workers and

Trade Union Congress)가 있는 걸 말일세."

"물론입네다. 그걸 주최하는 게 동지의 페이비언 협회인 것두요."

"그래. 그 전에 돌아가서 준비를 해 두어야 하지 않겠나."

정식 개최일이 7월 26일부터이니, 돌아가면 할 일이 많을 것이다.

조지 버나드 쇼는 그렇게 막연하게 생각했고, 고리키는 그런 버나드 쇼를 잠시 뜻 모를 깊은 눈으로 보더니 말했다.

"실은, 동지."

"무슨 일인가."

"동지께서 만나 주셨음 하는 자가, 하나 더 있습네다."

"내가?"

버나드 쇼는 의아한 표정으로 고개를 갸웃거렸다.

고리키는 '예.'라면서 고개를 끄덕였고, 그런 후배 겸 안내인을 영문 모를 눈으로 보던 버나드 쇼는 수염을 잠시 쓸고는 몸을 일으켰다.

"자네 덕에 러시아에서 많은 편의를 보았으니, 그 부탁 한 번 못 들어 줄 것도 없지. 좋아, 같이 가세."

"조금, 아니 꽤 위험합네다."

"위험한 거 따지면 사회주의자 같은 거 못하네."

버나드 쇼는 단호하게, 그러나 웃으며 말했다.

장미와 늑대 〈141〉

그런 반응에 막심 고리키는 잠시 물기 어린 눈으로 버나드 쇼를 보았다가, 고개를 끄덕이며 벌떡 일어나 말했다.

"하면, 모시겠습니다."

"좋네."

그렇게 고리키는 그를 상트페테르부르크의 뒷골목으로 안내했다. 밤이었고, 어두운 뒷골목이었으며, 애초에 수도임에도 전기가 제대로 통하지 않아 거리는 깜깜했다.

"겨울에 오지 않으신 것이 다행입니다, 동지."

"그 정도인가."

"얼어 죽는 인민들이 넘쳐나니 말입네다."

고리키는 묵직하게 말했다. 버나드 쇼는 그저 고개를 끄덕일 수밖에 없었다.

모스크바와 함께 러시아의 2대 도시가 바로 현시점의 수도, 상트페테르부르크다.

그나마 발트해에 접한 러시아 최대의 항구도시에, 타국과도 가까운 만큼 나름대로 교통의 요지라서 다국적인 분위기이긴 하지만.

그것이 곧 더 활기차거나 하단 이야기는 아니었다.

오히려 항구도시 특유의 슬럼화가 더 심각했고, 한때 호수였다는 것을 증명하겠다는 것인지 발트해는 겨울만 되면 얼어붙어 더더욱 추운 칼바람이 휘몰아친다.

"배를 띄울 수 없으니 연료를 받지 못해 얼어 죽고, 고기를 잡을 수 없으니 굶어 죽지비요."

"끔찍한 일일세."

더블린의 아버지 집에서 감자만 먹고 살던 기억이 떠오른 버나드 쇼가 이를 악물었다.

이게 다 황제 때문이라고 생각하면 더욱 열이 뻗쳤다.

아니, 대체 그 가진 놈은 뭐가 아쉬워서 최소한의 법치(法治)로의 개혁조차 못 하겠다고 뻗댄단 말인가?

─당신이 먼저 싸움을 시작했고, 싸움은 스스로를 기다리게 하지 않습니다.

러시아의 자유주의자들이 니콜라이 2세에게 했다는 말이었다. 그리고 다시 한번, 러시아에서 혁명이 일어나기를 진심으로 기원했다.

"이곳입니다."

"감옥인가?"

"예."

고리키는 이미 뇌물을 먹여 뒀다고 말하며, 간수가 열어 준 뒷문을 통해 감옥으로 들어갔다.

스쳐 지나가며 간수의 얼굴을 흘낏 본 버나드 쇼는 헛웃음을 지으며 고개를 저었다.

문을 열어 주는 간수조차 피골이 상접해 있었다.

'최소한의 치안을 지키는 공무원들조차 굶고 있는데.'

그렇게 천천히 들어간 감옥에서는 몇 달은 씻지 않은 사람들에게서 나는 악취가 났다. 무기력감과 피로감, 그리고 분노를 닮은 악취를 맡은 버나드 쇼는 잠시 눈살을 찌푸리긴 했으나 거침없이 안으로 들어갔다.

고리키는 그런 그에게 감탄하며 마치 제집처럼 감옥을 안내했다.

그렇게 얼마간 걸었을까, 버나드 쇼는 어두운 감옥 한 편에서 고리키가 멈춰 서는 것을 보았다.

"이곳입네다."

"〈오, 이 목소리! 드디어 오셨는가!〉"

마치 포효 같은 러시아어였다. 감옥 앞에 선 버나드 쇼는 쇠사슬에 묶인 어느 젊은 남자를 볼 수 있었다. 남자는 버나드 쇼를 이채 섞인 눈으로 보더니 물었다.

"그대가 버나드 쇼 동지겠군. 혹시 독일어는 할 줄 아시오?"

"조금은. 그대는 이름이 무엇이오."

"블라디미르 일리치 울리야노프(Влади́мир Ильи́ч Улья́нов)."

어눌한 듯하면서도, 마치 노래하는 듯한 독특한 어조로, 청년은 말했다.

"레닌(Lenin)이라 불러 주시오."

"……동지가 날 보자 하셨소?"

"그렇소. 프롤레타리아 혁명의 동지로서 위대한 영국의 선배를 뵙고 싶었지만…… 하하, 꼴이 이래서 말이오."

레닌은 피식 웃으면서 무거워 보이는 사슬을 마치 조약돌처럼 가볍게 내보였다. 버나드 쇼는 고개를 끄덕이며 말했다.

"고초가 많으시군."

"하하, 이 정도야. 나중에 망할 니콜라이 2세와 귀족 놈들이 받을 납탄에 비하면…… 이 정도는 아무것도 아니지 않겠소."

레닌은 그렇게 말하며 눈을 번뜩였다. 버나드 쇼가 입을 열지 못하는 사이, 그는 차갑게 말했다.

"버나드 쇼 동지, 동지에게 듣고 싶소. 영국의 노동자들은 어떠하오? 단결하고 있는가? 왕가의 목을 자르고 사적 소유를 철폐하여 인민대중의 독재 정권을 이룩할 준비가 되어 있소?"

"무슨 말인가, 그게."

버나드 쇼는 눈을 크게 떴다.

사적 소유의 철폐야 사회주의의 궁극적인 목표이긴 하지만, 왕가의 목을 자르고 인민대중의 독재 정권을 이룩한다니.

"인민대중이 뽑는 것은 철인(哲人)으로 충분해. 무고한 피가 대체 얼마나 많은 대중의 이반을 가져오리라 생각하는가."

"하하? 그게 무슨 말이오."

하나 그의 그런 답에 레닌은 어이가 없다는 듯 되물었다.

장미와 늑대 〈145〉

"그대도 우리나라의 니콜라이 2세가 한 짓을 보지 않았소? 왕가란 것들은, 귀족이란 것들은 우리 인민들을 같은 인간으로 보지 않아! 설사 마음씨 착한 대중이 그들에게 동정적일 순 있어도, 고르디우스의 매듭을 자르듯 그들의 목을 잘라 존재 자체를 말살해야 모두가 진정한 자유를 찾을 수 있단 말이오!!"

"그대들의 상황은 동정하네. 하지만 모든 왕족이 니콜라이 2세 같지는 않아! 프롤레타리아 혁명을 부정하는 것은 아니지만, 그것은 우리 영국의 찰스 1세에게 사형을 언도했을 때처럼 모든 이들이 합의한 적법한 절차를 밟아야 하는 법일세!"

"배가 불렀군. 그대들에게는 법이 있지만, 러시아에서는 저 황제가 법이오! 그 알량한 법조문을 따르면 언제 프롤레타리아 혁명을 이룰 수 있단 말인가!!"

"혁명을 부정하지는 않네. 하지만 그것은 마르크스가 말했듯, 자본주의가 자연스럽게 붕괴할 때 점진적으로 일어나야 하는 법일세! 역사의 수레바퀴를 뒤로 돌리려는 것도 반동(反動)이지만, 억지로 앞으로 돌리려는 것 또한 인력(人力)으로는 할 수 없는 법이야!!"

"하!!"

그때였다. 레닌이 핏발 선 눈을 번뜩이며 쇠사슬을 질질 끌고 버나드 쇼의 눈앞까지 다가왔다.

버나드 쇼는 이를 똑똑히 받아들이면서도, 그 눈이 마치 이리나 승냥이 같은. 짐승의 그것에 가깝다고 생각했다.

"이제 알겠소. 브리튼의 동지들은 이미 수정주의로 접어들었군. 슬픈 일이오."

"이보게!"

"가시오. 〈고리키! 저 배신자를 모시고 가게. 그래도 손님이니 마지막까지 배웅해야지.〉"

"……〈알겠네.〉"

고리키가 조심스럽게 버나드 쇼의 소매를 이끌었다. 버나드 역시 손길을 거부하지 않았다.

감옥을 나와, 호텔로 돌아가는 거리에서 버나드 쇼는 씁쓸하게 중얼거렸다.

"그래서…… 저이가 지금 러시아의 혁명을 이끄는 자인가?"

"……젊은 동지들 사이에서는 가장 많은 지지를 얻고 있습네다. 동지."

"아직까지 날 동지라고 불러 주는군. 고리키 동지."

"저 역시 프롤레타리아 혁명은 필요하다, 그리 생각합네다만."

고리키는 묵묵히, 고개를 저으며 말했다.

"모르겠습네다. 레닌 동지를 비롯한 일부 동지들은, 지나치게 폭력적인 방향으로 가고 있습네다. 저것은 오히려 농민들의 피를 흐르게 할 겁네다."

"후우우우……."

장미와 늑대 〈147〉

버나드 쇼는 깊은 한숨을 쉬었다. 품에서 담배를 찾은 그는 그것을 물며 말했다.

"먼저 들어가시게. 난 좀 이 거리를 좀 돌아다녀야겠군."

"괜찮으시겠습네까."

"괜찮아. 이미 눈은 여기에 적응되었네."

가슴은 그렇지 않지만.

조지 버나드 쇼는 답답한 가슴으로 걸음을 옮겼다.

'영국이 운이 좋은 것일 수 있다.'

니콜라이 2세가 일반적인 군주라는 것도, 그리고 그를 막으려면 그를 죽일 수밖에 없다는 것도.

버나드 쇼 역시 알고 있었다.

하지만 그렇다고 진짜로 죽이면, 그것이 파리 코뮌처럼, 외세의 지나친 배격으로 끝나지 않으리란 보장이 어디 있는가? 게다가 결국 그 코뮌의 실패는 반향적으로 더욱 강력한 폭압, 즉, 나폴레옹 군사정권을 불러오지 않았는가.

물론 그것 역시 무너졌긴 했으나…… 그게 어디 간단하게 되었냔 말이다.

시민의 피, 그리고 외세의 침입이 동반했다.

그러니 우려한다. 또 다른 코뮌을.

그러니 안도한다. 영국이 그렇지 않음에.

'점진적으로, 하나하나.'

영국은 의회라는 수단이 있으니, 그것이 가능하지 않겠는가.

 '그러나…… 러시아는?'

 의회의 존재조차 허락받지 못한, 이 어둡기 그지없는 러시아라는 제국은?

 그때였다. 어두운 거리를 걷는다 생각했던 버나드 쇼는 어떤 벽과 부딪혔다.

 "어이쿠."

 "〈이런, 죄송합니다.〉"

 아니, 벽이 아니었다. 그것은 가로등을 가릴 정도로 거대한 체구의 사람이었다. 고리키와 비슷하거나 그 이상이다.

 "미안하군, 잠시 한눈을 팔았네."

 "〈아, 외국인이었군…… 그러면 의미가 없나? 이만 실례하지.〉"

 귀밑머리부터 직각으로 깎여 내려오는 수염이 앞섶까지 가려진 것이 마치 곰처럼 생겼다. 하지만 그 눈만큼은 여우를 닮아 있었다.

 그는 뭐라 말하더니 고개를 까닥하고는 금세 지나갔다.

 "거참."

 다른 건 모르겠고 러시아인들이 정말 큰 건 알겠다.

 버나드 쇼는 그렇게, 한쪽 옆구리에 두꺼운 책을 끼고

지나간, 수도복 차림의 거인의 뒷모습을 보았다.
'그런데, 어째…… 익숙해 보이는 책이었는데.'
버나드 쇼는 마지막까지 알지 못했다.
지나간 사람이 옆구리에 끼고 있던 책이, 다름 아닌 러시아어로 번역된 〈던브링어〉의 설정집이었다는 것을.

개교

"삶의 목적이라······."
톨스토이의 말에, 나는 고민이 될 수밖에 없었다.
그야 그런 거— 한 번도 생각해 본 적 없는걸.
초중고등학교 모두 집에서 가까운 데니까 골랐다.
 재밌는 것에 끌리는 게 사람이니 책을 읽었고, 만화를 봤으며, TV를 봤더니 어느새 아마추어 글쟁이에서 프로 작가가 되어 있었다.
 만약 작가를 안 했다면 뭐, 예전에 아서 코난 도일에게 말했던 것처럼 이냥 저냥 공무원이나 했겠지. 아니면 적당한 중소기업에 취직하거나.
 마법사가 되고 싶진 않지만 그렇다고 결혼이나 연애는 생각이 없었다. 일일 연재에 찌들어 살다 보니 생활 사이

클이 직장인들하고 다르기도 했고.

아무튼 정말 평범하게 살아왔다.

그런 나에게 삶의 목적이라…….

물론 당시는 대박작을 하나 써 보고 싶었다는 것 정도는 있었다.

부귀영화? 한강 뷰 고층 아파트? 애니메이션화? 뭐 그런 것을 원하긴 했다. 덕질을 하던 내가 덕질의 대상이 되는 성덕의 꿈이라거나.

밤새 자체 통조림하면서, '언젠가 그런 날이 왔으면 좋겠다.' 어렴풋하게 고민하고 꿈꾸던 나날이 있었다.

하지만 그거…….

'이미 다 이룬 거 아니야?'

우습게도.

여기 와서 충족한 듯 아닌 듯한, 그런 느낌이 든다.

돈이야 자선 사업을 할 정도로 벌었고. 시대가 시대다 보니 막, 유튜브나 TV에 나와 모든 이들이 얼굴을 아는 건 아니지만, 그래도 나름 한 나라의 슈퍼스타가 되어 있고.

덕질? 아마 세상 그 누구보다 나처럼 확실하게 한 사람은 존재하지 않을걸?

'억' 소리가 나는 작품들로 가득 차 있는 내 지하 창고는 그야말로 웬만한 문학, 예술을 사랑하는 사람들이라면 꿈에 그리던 이상향이나 다름없다.

수많은 대문호의 초판본에 미래에는 박물관에야 가야 있을 법한 그림 등의 예술 작품으로 꽉꽉 채워져 있으니까.

 가끔은 거기 가서 책 향기만 맡아도 배가 부르기도 할 정도다.

 게다가 대중 문학은 이제야 시작하는 태동기.

 앞으로 수없이 많은 작품이 나를 기다리고 있다. 내가 아는, 혹은 모르고 있던 작품이 나올지도 모르지. 그것들을 기다리는 것만으로도 가슴이 뛸 수밖에.

 "후, 이런 걸 보면 나도 참, 어디 가서 한국인 아니랄까 봐."

 성실해 빠져 가지곤. 아무튼, 이 인터넷의 개념조차 없는 동네에서도 어느덧 6년 차를 보내고 있었다.

 왔을 때는 땡그랑 몸 하나만 있어서 항만 노동자로 개고생했던 걸 생각하면 상전벽해가 따로 없다.

 그런 내게 삶의 목표라······.

 그런 것들까지 머릿속에서 소용돌이치자, 나는 결국 결론을 내렸다.

 "음, 모르겠다!"

 나는 달력을 보았다.

 1896년도 절반 이상 가고 있다. 바꿔 말하면 이 19세기도, 내 20대 청춘도 고작 3.5년가량밖에 안 남았단 얘기다.

게다가 다른 사람들이야 어떻게 생각할진 모르지만, 나는 아직도 고작 20대란 말이지.

이 시대 사람들이야 결혼이다, 어른이다, 한다지만 나 때는 20대에 결혼한다고 하면 뭐가 바쁘다고 그리 빨리 하냐는 소리도 들었다.

30대에도 안 한 사람들이 수두룩했고.

그리고…… 사람의 삶이라는 게 꼭 그렇게 엄청난 사명감으로 움직이기만 하는 건 아니잖나.

뉴턴도 물리학자로 유명하지만, 그 자신은 신학자로서의 자아가 더 강했다.

심지어 그의 생애의 반은 다른 인물에게 휘둘리다시피 했었고. 결국 그의 진짜 재능이 꽃핀 것은 페스트 창궐로 2년간 고향으로 돌아갔던 '창조적 휴가' 이후였다고 하니까.

즉, 사람 일이 어찌 될지 모른다는 것이다.

과연 삶에 대한 강력한 목표를 지닌 것만이 의미가 있을까? 그게 없다면 과연 그게 무의미한 걸까?

좌푯값을 고정했는데 그게 틀린 거였다면?

그리고, 반대로 그걸 찾아가는 과정 역시도 의미가 있는 건 아닐까?

'내가 여기에 온 이유를 찾듯 말이지.'

그렇게 내 마음에 파문을 던지신 톨스토이는 그런 내 결론을 듣고 어떻게 반응하셨느냐 하면.

"뭐, 그런가? 그것도 나쁘지 않지."
"화내진 않으십니까?"
"내가 어떻게 뭐라고 하겠나. 내가 자네 나이일 적엔…… 어휴! 말을 말지."

그렇게 고개를 절레절레 저었다.

꼰대면서 자기 혐오자라니…… 이 할아버지도 참 독특한 캐릭터란 말이야.

그리고.

"그러면 한슬로, 건필하시게."

이제는 우리가 헤어져야 할 시간이었다. 나는 그와 손을 맞잡으며 말했다.

"다음에 때가 되면 제가 러시아로 찾아가겠습니다."
"하하하! 무리해서 립서비스하지 말게."

아, 들켰나? 나는 난처한 웃음을 지으며 머리를 긁었다.

그렇지만 그 동네 무서운걸.

앞으로 생길 일들을 생각하면 잘못하다간 장대에 매달릴 수도 있단 말이지.

"뭐, 이해하네. 지금의 러시아는 자네 같은 친구가 오고 싶어할 만한 나라는 아니니 말이야."
"……행운이 있기를 빕니다."
"하하. 립서비스하지 말랬다고 바로 집어치우는군."
"아니요, 이건 진심입니다."

나는 진지하게 말했다. 톨스토이는 고개를 끄덕이며 내 손을 놓아주었다.

"그래…… 고맙네. 자네 덕에 나도 다시금 깨달은 게 있거든. 아니, 어쩌면 이미 알곤 있었지만, 비겁하게 도망치고 있었던 것일지도 모르지."

"선생님."

"아무 말 말게."

굳은 얼굴을 한 채, 내 눈을 마주 본 톨스토이가 그렇게 말했다.

"자네는 자네의 할 일을 하게. 나는 내 할 일을 할 테니."

"제 할 일이라면……."

"일단은 전에 말했던 목표 찾기지, 아니겠나?"

거참, 아닌 듯하면서 끝까지 자기 의견을 밀어붙이는 게 참 그답다면 답다는 생각이 들었다.

반대로 말하자면 내가 그만큼 마음에 들었다는 걸까?

그렇게 껄껄 웃은 채, 톨스토이는 몸을 돌렸다.

"그럼 가 보겠네! 정말 다음에는 러시아에서, 그다음에는 가능하다면 자네 고향에서 봤으면 좋겠군!"

"네, 가능하다면요. 그럼 조심히 가십쇼!!"

그렇게, 영국에 평지풍파를 놓고 톨스토이는 떠나갔다.

그리고 그를 대신하듯.

"나 돌아왔네."

"버나드! 이제 오나?"
"아니, 왜 이렇게 늦으셨어요?"
톨스토이와 길이 엇갈렸던 조지 버나드 쇼가 돌아왔다.
아니, 갈 때도 엇갈리더니 올 때도 엇갈리시네, 이분은.
"너무 늦었잖아요. 정말이지, 덕분에 이번 총회는 당신 없이 우리끼리 준비해야 했다고요."
할 말이 제일 많았던 네스빗 여사가 주먹을 날릴 듯한 자세로 그렇게 말했다.
하긴, 요 반년 동안 톨스토이를 접대하랴, 페이비언 협회랑 조율을 맞추랴. 그녀가 오죽 고생이 많았지.
"하하, 그래도 형님도 그만큼 손해 보지 않으셨습니까? 버나드 형님, 이게 뭔지 아십니까? 톨스토이 작가님이 제 글을 읽고 첨삭해 주신 거라고요! 굉장하죠?"
그리고 반대편에서는 윌리엄 예이츠가 깐족거리며 자랑했다.
저분도 참, 아직 명성을 얻기 전이라 그런가? 아직 굉장히 피 끓고 이상한 데에 기웃거리던데.
최근엔 나한테도 신지학이나 오컬트 쪽으로 자꾸 캐묻고 다녀서, 하는 것만 보면 저게 나중에 노벨문학상을 탈 위인이 맞나 고민이 될 정도였다.
하지만, 놀랍게도.

"미안하네. 잠시 쉬고 싶군."
"예?"
"형님, 괜찮습니까?"
"괜찮아…… 후. 미안하네."
놀랍게도, 러시아에서 돌아온 조지 버나드 쇼는 평소의 예리함과 의욕을 완전히 잃은 상태였다.

전의 그였다면 톨스토이와 만나지 못했다는 점에 불같이 화를 내거나 탄식을 내뱉어도 이상하지 않았을 텐데…… 묘하게 고뇌에 가득 차 있는 느낌.

그런 그의 모습에 다른 이들도 웅성댔다.
"배를 너무 오래 타서 여독(旅毒)이 쌓인 걸까요?"
"글쎄요……."

에디스 네스빗 여사와 윌리엄 예이츠는 잠시 서로를 마주 보았지만, 그런다고 조지 버나드 쇼가 의욕을 찾을 방법을 구하진 못했다.

그리고 지금 작가 연맹도 그걸 신경 쓸 만큼 여유로운 상태가 아니기도 했고.

"뭐? 해리스 씨가 갔다고?"
"저런, 세상에. 그 젊은 나이에."

일단 웨스트엔드에서 부고가 전해졌다. 미래인이자 활동한 지 얼마 안 된 난 잘 몰랐지만, 어거스터스 해리스(Augustus Harris, 1852~1896)는 사보이 극장의 도일리 카르테보다 한 끗발 위, 드루리 레인의 스타 극장주이자 사업가였다고 한다.

그래서 작가 연맹에도 그 은덕을 입은 사람들이 많았고, 그 장례식을 찾아 고인의 명복을 비는 한편 그 후계자가 될 만한 이들과 접촉하느라 정신이 없던 것이다.

"죽은 사람은 죽은 사람이고 밥은 먹고 살아야지. 그 사람들도 나름 열심히 자기 작품을 어필해야 먹고 사는 걸세."

"선생님은 관심 없으십니까?"

"나? 난 별 상관없지."

아서 코난 도일은 짐짓 여유를 부리며 말했다.

나는 혹시나, 하는 마음에 걱정하는 눈치로 그를 보았고, 그는 파이프 담배를 움켜쥐며 말했다.

"분명히 말해 두는데, 그놈의 〈제인 애니〉 하나 망했다고 내가 희곡을 못 쓴다고 생각하진 말게. 〈셜록 홈스〉도 무대 위에 올리겠다는 사람은 많아."

"오, 진짜요?"

나는 기대감에 되물었다.

요컨대 자기가 잘나서 저렇게 영업할 필요가 없다는 나름의 자기 자랑이었지만, 진짜로 아서 코난 도일은 그 수준이 맞다.

게다가 나 역시 로다주나 오이 형 주역의 영화판 〈셜록 홈스〉를 꽤 재밌게 봤었단 말이지.

과연 이 시대의 연극판 셜록 홈스는 어떤 맛이 있을까?

이건 이거대로 기대되지 않을 수 없었다.

"그래. 뭐, 지금은 연재 재개 전에 마지막으로 출간할 장편 하나를 다듬고 있어서 시간을 못 내고 있지만 말일세."

아서 코난 도일의 말에 나는 기대감이 샘솟았다. 무려, 역사에 없었던 아서 코난 도일의 다섯 번째 〈셜록 홈스〉 장편이니 그럴 수밖에 없지!

그것도 심지어 제목이 〈수학 교수의 탄생(The Birth of The Mathematics Professor)〉이니까!

그래, 제목으로 예상할 수 있겠지만, 무려 제임스 모리어티의 탄생을 다루는 오리지널 소설이다.

아, 이걸 대체 어떻게 참아?

"그보다 자네는 어떤가? 톨스토이 선생님이 러시아로 돌아가시고, 자네도 여기저기 바빴잖나."

"아, 뭐…… 그야 그렇죠."

나는 머리를 긁적이며 말했다.

일단 대문호님을 접대해야 하니 비축분 쌓기는 올 스톱.

런던에 계속 있으면서 글과 접대를 병행하는 생활을 해야 했기에 간신히 연재 분량 따라가기 급급했다.

그러니 당연히 다시 비축을 만들어야지.

그리고 또 뭐가 있더라. 허버트 조지 웰스가 〈모로 박사의 섬〉을 썼고, 오스카 와일드의 〈살로메〉가 초연되기 시작했으며, 우리 덕에 재기에 성공한 리처드 도일리 카르테는 자신을 배신했던 길버트&설리반 콤비의 신작 오페레타 〈대공(The Grand Duke)〉의 공연을 올리기 시작했다.

그렇게 각자 할 일 하다 보니, 조지 버나드 쇼에 대해서는 신경 쓸 겨를이 없었다는 게 결론이다.

뭐, 저 양반도 나름 용수철 같은 사람이니 좀 쉬고 나면 알아서 나오지 않을까? 그렇게 막연하게 생각하고 있기도 하고.

아무튼 나도 다음 할 일을 하러 가야 했으니까 말이지.

"자, 끊습니다!"

"와아아아!!"

한때 이스트엔드라고 불렸던 화이트채플 지역.

어느덧 재개발이 시작된 지 1년이 지나, 마침내 〈앨리스와 피터〉 재단의 첫 번째 통합 운영 학교(기숙사 포함)가 문을 열게 된 것이다.

* * *

사립 이스트엔드 통합 운영 학원.

이스트엔드의 재건축 부지 중에서 제일 먼저 문을 연 건물이었다.

주변에서는 건물명이 너무 심플한 거 아니냔 얘기를 하긴 했지만, 내가 이름 짓자니 아무래도 썩 괜찮은 게 안 나오더라고.

몇몇 이름이 나오긴 했는데…… 호그워츠라고 하자니, 지하에 괴물이 살고 있을 거 같고, 미스캐토닉은 도서관을 출입 금지해야 할 것 같고.

그래서 그냥 심플하게 지역명 붙였다.

—오, 오베론 아카데미아가 아닌 겐가?

루이스 캐럴 영감님이 이런 얘기를 한 적도 있었지만, 솔직히 현실에서 쓰긴 좀 오글거리는 이름이고.

내 작품에 나오는 이름을 내가 세운 학교에 그대로 붙인다고? 으으…… 나중엔 씹덕 학교라는 오명을 들을 게 분명했다.

갓 태어난 아이에게 칸담이라는 이름을 주는 것이나 다름없다.

분명 중고딩은 '어이, 칸담. 빵 사 와!' 같은 일이 벌어지면서 험난해지겠지.

이름이 이렇게 중요하다.

차처럼 처음 살 때는 검은색이라니, 너무 평범한데? 싶더라도 나중에 다시 팔 때 가격 방어가 되는 것을 보면서 빙긋 웃을 수 있는 그런 거지.

아무튼.

"형, 와 봐!! 진짜 넓어!!"

"찰리, 제발 뛰지 말고……!"

그리고 그 안을 뛰어다니는 두 사람.

다름 아닌 기숙사에서 살게 된 학적 등록 번호 1, 2번인 채플린 형제다.

이제까지는 오스카 와일드의 수감실…… 아니, 극작가실에서 얹혀사는 생활을 드디어 청산하게 된 것이다.

솔직히 셋방살이가 힘들긴 한데 여태까지 버텨 준 게 참 기특하긴 하다.

얼굴도 크게 굴곡이 없는 것을 보면 잘 지내긴 한 것 같은데…… 그래도 언제까지나 그런 곳에서 살 수는 없지.

사실상 몇 평 안 되는 감옥 같은 곳인데다, 주변에 또래가 거의 없는 일상이잖아?

애들 정서 발달에 좋을 리 없지.

그런 만큼 기숙사라는 공간은 둘 모두에게 딱 좋았다.

그리고 거기서 끝이 아니라…….

"감사합니다. 부인. 학교의 교사로 와 달라는 제 청을 받아 주셔서."

"아닙니다, 한슬로 진 작가님. 덕분에 우리 이이도 비교적 사람이 돼 가고 있는걸요."

학교의 이사장실.

나와 만난 오스카 와일드의 아내, 콘스탄스 로이드(Constance Lloyd) 여사는 눈물기가 많은 얼굴로 그렇게 말했다.

"작년에 저희 그이가 고소당했단 말을 들었을 때는 내

심 올 게 왔구나, 했는데……."

"하, 하하."

"덕분에 저희도 이혼 안 하고, 애들도 아버지를 잃지 않았으니 정말 다행이에요."

눈물과는 별개로, 여사의 눈은 번뜩이는 살기를 감추지 않았다. 언제든지 그럴 준비가 되어 있었다는 뜻이었다.

하긴, 원래 역사에서도 유죄 뜨자마자 오스카 와일드한테서 자식들 볼 권리를 빼앗으셨다고 할 정도니, 그럴 만하다는 생각이 들긴 한다.

"그래서, 저야말로 이런 좋은 기회를 주셔서 참 감사하게 생각하고 있답니다."

"아닙니다. 그러고 보니 두 아이의 등록은 끝났나요?"

"네. 덕분에 무사히요."

그녀는 원래도 상류층의 딸로서, 책을 내거나 협회 활동을 하는 등 진취적인 여성이었고 실제로 꽤 능력이 있었다. 그래서 그 부분을 높이 사, 우리 통합학원의 교감으로 취직하게 되었다.

그러면서 아들인 시릴 와일드(Cyril Wilde)와 비비안 와일드(Vyvyan Wilde) 역시도 이 학교에 다니게 되었고.

그중에서 시릴과 시드니는 같은 시자 돌림이라 그런가 아니면 동갑이라 그런가, 벌써부터 친해졌다.

그래, 그렇게 친구들 늘려 가면서 재능을 꽃피우는 거지.

"그나저나, 정말 할 일이 많더군요. 생각보다 이쪽에서 일하고자 하는 이들이 많아서……."

 "하하. 아이들을 위한 일이라고 오겠다는 사람들이 많더군요."

 다행히 학교는 생각보다 더 번창할 수 있었다.

 그도 그럴 게 작가 연맹에 다니면서 여기에 관심 있는 작가들 여럿이 우리 학교 선생들로 와 주기로 했거든.

 기본적으로 이 시기 작가들은 여러 전문직과 겸직인 경우가 많았고, 그런 만큼 교육에도 관심이 많았으니, 그 덕을 톡톡히 봤다고 봐도 과언이 아니다.

 솔직히 이런 열정으로 가득한 사람들 아니면 어디서 고-급 교육 인력을 충당하겠냐.

 물론 모두 그렇게 선의로만 지원한 것은 아니긴 했다.

 현실적인 이유로 지원한 사람도 무척 많았지.

 문학이 괜히 배고픈 직업이라고 하는 게 아니었으니까. 그 대표적인 인물이 바로 데이비드 린지였다.

 아무튼, 부업으로든, 아니면 학부모로든, 아니면 '자선 사업'으로서든.

 우리 학교는 생각보다 더 큰 집중을 받았고, 무료교육을 베푸는 이 교풍 자체에 크게 영감을 받은 작가들이 많았다는 것이 사실이었다.

 그리고…….

 ─저도 일하게 해 주십쇼!

―아니, 하지만.
―저도 나름 교사 자격증도 있습니다! 구세……!
―쓥.
―……한슬로 진 작가님의 학교에 채용될 수만 있다면 뭐든 하겠습니다!!

어쩌다 보니 나름 검증된 교사인 허버트 조지 웰스 같은 사람도 추가되었고 말이다.

교사의 질 자체가 올라간 것은 예상치 못했던 큰 수확이었다.

하지만 그럼에도…….

"아직도 모자란다고요?"

"학생이 너무 많습니다. 작가님."

콘스탄스 로이드 여사를 내보내고, 재무실장으로 들어온 로웨나 로스차일드는 드물게도 당혹스럽다는 얼굴로 말했다.

"작가님이 지정하신 대로 한 반에 3~40명씩 채워 넣고 담임 교사를 지정하고는 있습니다만, 지금 저희가 확보한 교사들로는 다 해도 80퍼센트밖에 채워 넣지 못할 겁니다."

"80퍼센트라……."

그 정도면 다 채워진 거 아니냐 할 수 있으나.

하지만 교사를 담임만 쓰냐?

교사들은 당직도 해야 하고, 기숙사 담당도 배치해야

하고, 학년주임이나 학생주임 같은 중간관리직도 채용해야 한다.

무엇보다 교사도 사람이다.

아플 수도 있고, 휴가도 가고, 그 외 기타 등등의 일로 자리를 비울 수 있다.

즉, 그런 만일의 사태에 대비한 별도의 임시직도 모집해야 한단 소리지.

그런 식으로 배치하다 보면 결국 학급 수요의 1.5배는 채용해야 하는데…….

80%면 그 절반도 안 된단 소리다.

"물론, 지금 저희 재단의 후원으로 교육대학에서 배우고 있는 이스트엔드 출신의 고졸, 대졸들도 있습니다. 그 사람들이 졸업하고 교원 자격을 취득한다면 수요를 채울 수 있겠습니다만……."

"당장은 아니니까요. 그 사람들도 적응할 시간은 필요하겠죠."

"그렇습니다."

"끄으으응."

이를 어쩐다…… 이대로 가다간 이스트 엔드의 상황이 좋지 않다는 건 알고 있었지만, 그래도 학생이 이렇게까지 몰릴 거라곤 예상하지 못한 게 실책이었다.

나중에야 학교를 늘린다지만 지금 할 수 있는 것도 아니고.

"후…… 그러면 어쩐다?"

나는 일단 고민해 보겠다고 한 뒤, 로웨나 로스차일드를 돌려보내는 수밖에 없었다.

일단 내일까지 당장 해결해야 하는 일은 아니다.

어차피 영국은 한국과 달리 봄이 아니라 가을부터 새 학년이 시작하니까 대략 3개월 정도는 기간이 있는 셈.

하지만 그렇다고 딱히 해결법이 생기는 것도 아니었다.

물론 학급을 80, 90년대처럼 한 반 60명씩 욱여넣으면 어느 정도는 학급 수요를 맞출 수 있을 것이다.

하지만 그랬다간 기껏 올린 교육의 질이 되레 낮아지고 만다.

말 그대로 본드나 불고, 깡패를 동경하고 그런 느낌이 될 수도 있다는 말.

제아무리 빈곤한 동네에 살더라도 희망을 주기 위해서 만든 학교인데 그게 그렇게 되면 쓰나.

그런 교육을 하느니, 차라리 안 하느니만 못하지.

애초에 교육학적으로 들은 바에 따르면 한 반 30~40도 많다고 들었다.

하지만 그렇다면 다시 교사를 채용하자니…… 교사 자격증 가진 사람이 뭐 땅에서 솟아나는 것도 아니고, 하늘에서 떨어질 것도 아니고.

결국 더 이상 답이 안 나왔다.

하지만 굳이 내가 스스로 답을 내야 하는 건…… 또 아니지.

"흐음. 그런 게 문제였나?"

"예, 밀러 씨."

이럴 때는…… 밀러에몽을 찾는 것이 답이지.

물론, 밀러 씨가 뭐든지 해결해 주시는 것은 아니다. 해결해 주는 것은 해결해 줄 수 있는 것만.

뭐, 상류층 중에서 이런 거에 흥미 있는 사람들이 많지도 않을 거고, 후원받는다고 해도 이미 상당히 뽑았으니까, 사실 큰 기대는 하지 않았다.

대충 그냥 넋두리에 불과했고, 그다지 희망은 안 품었는데.

"알겠네. 그러면 내가 소개해 줄 만한 사람이 있겠군."

"……예?"

"잠시 기다리게. 간다고 미리 연락해야겠군."

"자, 잠시만요. 밀러 씨!"

뭐지, 이거? 이렇게 바로 나온다고? 진짜 밀러에몽은 신인 건가?

내가 준비를 하는 사이 어딘가로 연락을 넣은 밀러 씨는 금방 마차를 부르더니 곧장 나를 어디론가 끌고 갔다.

그러고는 마차를 타더니, 순식간에 런던 메이페어의 사우스 스트리트 10번지에 도착했다.

뭐지, 이거?

"프레데릭! 웬일이오?"

"오랜만에 뵙습니다, 에드먼드 호프 버니 경(Sir Edmund Hope Verney)."

처음 보는 사람이다. 아니, 물론 내가 밀러 씨 인맥을 전부 알진 못하지만.

"예전에 부탁받은 대로, 이모님께서 만나 뵙고 싶어 하시는…… 한슬로 진과 다리를 놓으러 왔습니다."

"오호, 드디어……?"

호프 버니 경이라는 분의 눈이 이채를 띠며 잠시 내 쪽을 보았다가…… 멀어졌다.

그래, 익숙하다.

이 시대 사람들은 한슬로 진이 나 같은 아시아인일 거라곤 당연하게 생각 안 하더라고.

"하지만 아쉽구려. 이모님은 요즘 건강이 많이 안 좋아지셔서 성 토마스 병원으로 옮겨 살고 계시오."

"저런. 많이 심합니까?"

"음, 좋은 편은 아니지만…… 그래도 아직은 대화는 가능하시지."

"이런…… 쾌유를 빌겠습니다."

"하하, 직접 뵙고 말씀드리는 게 좋지 않겠소? 자, 소개장을 써 줄 테니 그 한슬로 진을 데리고 가 주시오."

"감사합니다. 버니 경."

성 토마스 병원이라…… 대체 누가 있길래 이렇게 뺑뺑

이를 도는 거래?

하지만 그 생각은 이내 그 병원 1인실에 도착하자마자 멈추고 말았다.

"한슬로 진 작가가 오셨다고요."

"아, 예. 제가 한슬로 진……."

"거기까지."

앞이 잘 보이지 않는 듯, 눈을 잔뜩 찌푸리고 초점이 맞지 않는 할머니가…… 정확하게 내 쪽으로 권총을 쏠 듯이 노리고 있었다.

"거리 두세요."

"예, 예?!"

"손 씻고, 거리를 두십시오! 어딜 감히 환자에게 오염된 손으로 접근하려 합니까! 죽고 싶은 겁니까!?"

뭘까, 이건.

예상 이상이라고 해야 하나, 아니면 예상대로라고 해야 하나.

나는 밀러 씨에게 이름을 듣지 않았지만, 왠지 모르게 이름이 짐작되었다.

그래서 마치 짐작하고 있었다는 듯 간호사가 내민 물웅덩이와 비누에, 일부러 소리를 내며 손을 씻은 뒤, 할머니의 허락을 기다렸다.

"좋아요. 다가오십시오."

"……감사합니다."

플로렌스 나이팅게일(Florence Nightingale) 여사님.

* * *

나이팅게일을 모르는 대한민국인은 드물다.

어렸을 때부터 온갖 위인전에서 백의의 천사(White Angel), 등불을 든 여인(The Lady with the Lamp), 현대 간호의 대모(the godmother of modern nursing)로 칭송하는 유명인이니까.

그리고 나이팅게일의 그 성격을 모르는 덕후도 거의 없겠지.

그녀의 일화가 너무 유명한 나머지 미래의 게임에서는 그런 모습을 철저히 그려 냈고, 그 모습은 후손조차도 인정할 정도였으니까.

그나마 망치[Lady with the hammer] 대신 권총을 든 걸 의아하게 생각했을 뿐인데.

저게 고증 오류가 아니었다고? 아니 그보다······.

나는 어이를 잃고 물었다.

"그, 한 가지 질문해도 됩니까?"

"말씀하세요."

"왜 오염된 손으로 들어가는 건 안 되는데 권총은 괜찮은 거죠?"

"무슨 말인가요."

그러자 나이팅게일 여사는 당당히, 권총을 하늘로 겨누고 말했다.

그러고는.

틱.

허탈한 내 심정만큼이나 허핍한 소리가 리볼버 권총 안에서 들려왔다.

"……."

"당연히 빈 총이죠. 병실에서 화약을 쓰는 사람이 어디 있어요?"

"아…… 예, 그렇군요."

정말 뭐 하나를 안 지려고 하시는군요.

어떤 의미로는 나름 제가 알던 모습 그대로라 놀랐습니다. 여사님……!

아무튼, 그녀의 말대로 청결은 중요하지. 그래서 나는 물과 비누를 이용해 손을 싹싹 닦이 시작했다.

말 그대로 '싹싹'.

원래 하던 대로 6단계로 말이다.

"호오……."

그리고 그런 나를 흥미로운 듯 바라보는 그녀.

뭐야, 손 씻으라고 해 놓고 또 왜 저렇게 보시는 거지? 내가 뭘 또 잘못했나?

"손을 정성스럽게 씻는군요."

"에, 어. 보이십니까?"

"실루엣 정도는 보여요. 그리고, 소리도 잘 들립니다."

어쨌든 권총을 든 광전사. 아니, 등불을 든 여인은 천천히 말했다.

"아무튼 한슬로 진. 이렇게 당신을 만날 날을 고대하고 있었습니다."

"크흠, 예. 이유는 대충 짐작이 갑니다."

빙빙 돌리지 않고 본론으로 들어가는 모습에, 나도 빠르게 마음을 가라앉히고 말했다.

"납 사건 때문이죠?"

"그래요."

초점이 맞지 않은 눈을 번뜩이며, 여사님은 그렇게 말했다.

뭐, 그럴 수밖에 없지.

일개 작가인 내게 위생의 화신이신 강철의 간호사께서 관심을 가지실 만한 일은 그거밖에 없을 테니까.

"어떻게 알았죠? 납이 위험하다는 걸요."

"저도 궁금하긴 합니다."

나는 침착하게 숨을 골랐다.

"여사님께서는, 납 중독의 위험성을 알고 계셨습니까?"

"모를 수가 없지요."

그리고, 그녀는…… 분한 표정을 지었다.

"전장에 있다 보면 알 수밖에 없게 됩니다. 그곳은 녹슨 납이 사정없이 굴러다니는 곳이니까."

나는 고개를 끄덕일 수밖에 없었다. 총탄은 가장 대표적인 납의 사용처지.

"하지만 동시에 자료를 구하기 제일 힘든 곳이기도 해요."

"원래 언제 죽어도 이상하지 않은 게 병사지요. 이해합니다."

그게 납 때문에 죽었는지, 다른 것 때문에 죽었는지 증명이 어려우니까.

이 시대와 비교하긴 너무 조악하긴 하다만 나도 일단 군대에 갔다 온 사람이다.

괜히 몸만 성히 갔다 오면 본전이란 얘기가 있는 게 아니니까.

"물론 저따위의 경험으로 여사님을 이해한다느니 어쩐다느니 하는 게 건방질 수도 있겠지만요."

"경험의 강도 따위는 상관없어요. 중요한 건 진심이지요."

아무튼, 하고 나이팅게일 여사는 대화를 환기시켰다.

"그래서, 나는 납을 막고 싶어도 막을 수가 없었어요. 이유는 짐작하겠지요?"

"예."

방금 그녀의 말이 그 답이었으니까.

통설 상 나이팅게일은 당시 여자로서는 금기시되었던,

혹은 깔보아졌던 많은 부분을 귀족 프리미엄으로 뚫어 버린 선구자로 알려져 있다.

하지만, 상식적으로 그게…… 비슷하거나 더 높은 이해 관계가 얽혔을 때도 통용이 됐을까?

그게 바로 납이라는 것이다.

국가 기간 산업의 대다수는 의회의 로비가 없을 수 없고, 납은 그 정도로 많은 대기업이 얽혀 있는 사업이었으니까.

나도 나름의 승산을 가지고 덤벼들긴 했지만, 원래라면 바위에 계란 치기와 같은 행위였다.

원래는 반대해 오면 사례를 추가한다는 평계로 시간을 끌면서 납 사용의 가속부터 멈춘 뒤, 수년은 들여 차차 개선할 생각이었는데…… 내 예상보다 더 잘 먹혀 들었는지, 순식간에 법안이 통과되는 것은 정말 놀라웠다.

보통은 가벼운 법안이 바뀌는 것도 엄청 오래 걸리지 않나? 마치 데우스 엑스 마키나가 개입한 것처럼 극적이었지.

"그래서 고맙고, 또 묻고 싶었어요."

어떻게 납에 대해 알았는지. 그리고 어떻게 납을 규제 법안을 통과시킨 건지.

나이팅게일은 내게 물었지만, 음…….

"솔직히 답해 드릴 수 있는 게 많이 없습니다."

아니, 어쩔 수 없잖아. 애초에 내가 납에 대해 미리 알고 있었던 건 순전히 그게 '상식'이었기 때문이니까.

툭하면 중금속 오염이니 뭐니 하는데 납을 왜 모르겠냐고.

따라고 답 역시도 애매할 수밖에 없었다.

"그, 들으셨는지 모르겠지만 처음으로 납을 문제시한 건 제가 아닙니다."

"듣긴 했어요. 에든버러 왕립학회의 의사가 제일 먼저 논문을 썼다지요?"

"예. 저는 그 의사에게 도움 요청을 받았고, 그 요청이 옳다고 여겼기에 그를 도운 것에 지나지 않습니다."

"알아요. 하지만 거기까지 끌고 가는 데 성공한 건 당신이죠. 그렇지 않나요?"

음, 뭐…… 그렇게 물어보시면 할 말이 없긴 한데.

"내게는 그게 더 중요해요."

"혹, 법안 상정이 필요하신 일인 겁니까?"

"그쪽도 있지요. 하지만 나는 그 이상으로, 당신이 갖고 있는 여론 유도 전략이 주효했다고 생각하고 있어요."

아니, 말이 좀 심하시네. 내가 무슨 괴벨스도 아니고 여론 유도라니…… 소설에 있던 내용이야 나도 모르게 썼던 거고 그냥 대담 한번 했을 뿐인데.

나로선 어이가 없을 수밖에 없었다.

"오해하지 말아요. 내가 당신이 민의를 어지럽힌다거나, 그런 얘기를 하는 게 아니에요."

"그, 그러면요?"

"간단한 얘기죠. 손 좀 씻고 다니라거나…… 당신 세대는 모르겠지만, 내가 젊었을 적엔 이그나츠 제멜바이스(Ignaz Semmelweis, 1818~1865)가 미친놈 취급받으면서 정신 병원에서 비참한 최후를 맞았었지요."

그, 그렇게 말해도 전 잘 모르는데요. 제멜바이스? 그게 누구야? 에델바이스는 아는데.

다행히 나이팅게일 여사는 그 사람이 바로 산부인과 의사의 손 씻기를 강력히 주장했다가 학회에서 배척받은 사람이라는 사실을 알려 주었다.

"아, 그 얘기라면 알고 있습니다. 그 의사가 그분이셨군요."

"그래요. 당시 학회 전체가 제멜바이스의 주장에 맹렬하게 반대한 이유는 간단하죠. 자신들의 학설이 부정당하게 된 의학계의 주류 인사들이, 오로지 자기 권위를 지키기 위해, 손만 씻으면 산욕열을 박멸할 수 있다는 사실을 권력으로 뭉개 버린 거예요."

그…… 런가? 인터넷 썰이라 정확하게 기억하긴 않지만, 그 이상으로 그 의사가 굉장한 싸움닭이라, 설득하려 하지 않고 무작정 다른 의사들을 '살인마들'이라고 맹비난하다가 적을 만들어서 묻힐 뻔했다는 걸로 알고 있었는데.

음, 이렇게 말해 놓고 보니 나이팅게일 여사랑 굉장히

성격이 닮았다.

 즉, 이건 동족에 대한 연민인가.

 "일단 무슨 말씀이신지 알겠습니다. 하긴, 제가 있던 곳에서도 전염병이 돌 때 마스크를 쓰라고 했는데도, 곧 죽어도 안 쓰겠다던 멍청한 사람들이 조롱거리가 되긴 했었죠."

 "바로 그거예요."

 나이팅게일은 고개를 끄덕이며 말했다.

 "내게 필요한 건 그런 강력한 여론 유도 능력이에요. 이 표현이 정 불편하다면, 일단 홍보 능력이라고 해 두죠."

 "무슨 말씀이신지는 알겠습니다."

 다만, 하고 나는 고개를 저었다.

 "좋은 말씀이시라고 생각합니다. 저 나름대로 어느 정도 의미가 있다고 생각하고요."

 "그래요? 그렇다면-."

 "다만, 그걸 생각하시는 것보단 조금 더 나은, 별도의 무언가를 하는 게 낫지 않나 싶습니다."

 요컨대, PPL 아닌가?

 아주 흔하디흔한 이야기지. 하지만 그건 좀 어렵다.

 소설에서도 가능은 하지만, 아무래도 좀 곤란하단 말이다. 해 본 적이 없어서.

 납 사건이야 뭐, 내가 무의식적으로 들어간 거니 그럴

수 있었다. 하지만 소설이라는 게 그렇게 뭔가 의식적으로 넣으려고 할 수는 없는 거라서.

창작이라는 게 그렇게 조립하듯 할 수 있는 게 아니니까. 그게, 현실에서도 그랬잖나. 괜히 억지로 PPL 넣다가 복수하는 도중 이상하게 홍삼 먹으면서 안마 의자에 누워 있는 장면 같은 거.

"납 때도 저나, 아서 코난 도일 작가가 대담으로 해결하긴 했습니다만, 그건 어디까지나 글로 말한다는 것의 일환이었습니다. 저희는 작가니까요."

"직업에 대한 사명인가요. 아니면, 특수성? 좋습니다. 그건 제가 모르는 영역이니 인정하지요."

다행히 나이팅게일 여사는 고개를 끄덕이며 인정해 주었다.

흠, 확실히 자기 직업에 대한 프로페셔널이 넘치는 사람이라 그런가? 이쪽으론 안 건들어 주시네.

좋아. 이렇게 선제적으로 나와 주면 나도 나름대로 호의적으로 제안을 꺼낼 수 있다.

"대신, 혹시 괜찮다면 제 쪽에서 부탁드리고 싶은 게 있습니다만."

"부탁이라. 그러고 보니 당신이 왜 날 만나고 싶었는지는 들어 보지 못했군요."

"하, 하하."

그야 다짜고짜 권총부터 들이미시니까요. 다행히 탄창

이 빈 총이니 망정이지.

아무튼.

"실은 제가, 루이스 캐럴 작가님과 함께 아동복지재단을 경영하고 있습니다."

"흐음. 들었어요. 〈앨리스와 피터〉 재단이었죠?"

"예. 그곳에서 조만간 학교를 열 예정인데…… 학생은 충분한 반면, 교사들이 모자랍니다."

"아, 과연."

나에 비해 학교 설립자로서의 짬이 있기 때문인지, 나이팅게일 여사는 고개를 끄덕이더니 이내 이해했다.

"그 교사 TO를 우리 쪽 간호사들이나, 간호학교 교사들로 채워 보고 싶다는 거죠?"

"그렇습니다."

나는 고개를 끄덕였다.

물론 가르치는 분야가 다를 수 있다. 하지만 생각해 보자, 고졸만 돼도 초등학생들은 충분히 가르쳤잖아? 즉, 편성을 유도리 있게 돌리면 되는 정도의 문제다.

게다가, 이 시대에 나이팅게일 양호학교보다 더 뛰어난 '양호교사' 인재를 구할 수 있는 곳이 있을까? 단언컨대 없을 거다.

여기에, 추가로.

"그리고, 저희 재단은 엘리엇 철강회사와 계약을 맺고 있는 상황입니다. 그래서 고등부 학생 중 흥미가 있는 졸업생들은 그 회사에서 용역으로 받아 주기로 했죠."

"흐음, 무슨 말인지 알겠군요. 이스트엔드에 있는 빈민가 아이들이라고 했죠?"

"예. 다만 현장 실습이 더욱 중요할 철강회사 용역들과 달리, 간호학교로 진학하려면."

"그에 상응하는 충분한 사전 교육이 필요할 테죠."

나는 나이팅게일과 공범의 미소를 지었다.

즉, 엘리엇 철강회사의 네빌 체임벌린과 비슷한 계약을 나이팅게일과도 맺는 거다.

간호학교 교사들은 우리 학교 고등부를 가르치고, 고등부에서는 그 교사들의 영향을 받아 간호학교로 진학하고.

덤으로 부자라는 나이팅게일의 가문에, 나이팅게일 여사와 연결해 준 버니 남작가의 후원도 얻을 수 있다면?

이게 바로 선순환이지.

게다가 우리 학교가 있는 곳은 이스트엔드 화이트채플. 일단 빈민 구역이다.

그리고 그것은 재개발이 진행 중인 아직까지도 그러하다. 전보다는 나아졌지만 기본적인 사람의 인식, 생활이 확 바뀔 수는 없다는 것이지.

그런 만큼 그녀의 인맥은 이 지역 발전에 큰 도움이 될 거다.

자체적으로 지역 자체의 파워를 키우는 것. 난 그것을

유도하길 바랐다.

"좋네요. 그것은 제 생각과도 일치하는군요."

그리고 그런 나의 생각은 나이팅게일에게도 마음에 든 모양이다. 그녀는 평생 위생과 환경의 개선에 최선을 다해 왔으니까.

아무튼 그녀는 내게 빙긋 웃음을 보이며 답했다.

"좋아요. 우리 학교에 연락을 넣어 두죠."

"감사합니다. 나이팅게일 여사님."

나는 엉뚱한 곳을 향해 손을 내미는 여사님의 손을, 일부러 따라가 마주 잡았다.

"앞으로 잘 부탁드리지요. 젊은 동업자 양반."

시시해서 죽고 싶어진 나비

"야, 시드(Sid). 넌 나중에 뭐 할 거야?"

시드니 채플린은 그 말에 뭐라고 답해야 할지 알 수 없었다.

룸메이트, 시릴 와일드가 그 질문을 한 이유는 알고 있었다. 오늘 개학한 학교에서 받은, 같은 반 숙제니까.

―안녕하세요, 여러분! 저는 나이팅게일 간호학교에서 온 캔디스라고 합니다.

―첫날에는 다 같이 모두의 꿈에 대해 이야기해 보기로 해요!

―내일 이 시간까지 고민해서, 다 같이 하나씩 발표하는 거예요!

뭔가 위에서의 지침 사항이었다곤 하는데…… 시드니

에게는 그저 부담스러울 뿐이었다.

그래서, 시드니는 역으로 시릴에게 짐짓 물었다.

"그러면 시릴, 넌 뭐 할 건데?"

"글쎄? 정 안 되면 군바리라도 해야 하나."

"얌마."

시드니는 어이가 없어서 옆 침대로 읽던 책을 던졌다. 그러자 그것을 받은 시릴은 낄낄거리며 고개를 저었다.

"아니, 너도 우리 아버지 봤잖아."

"그야…… 봤지."

시릴 와일드의 아버지는 다름 아닌 '그' 오스카 와일드다.

시드니 채플린은 한때 동생 찰리와 함께 그에게 신세를 지긴 했었지만, 그 유명한 극작가라고 보기엔 좀…… 많이 추했다.

―똑바로 서라, 오스카. 왜 원고가 이것밖에 안 된 거지?

―아니, 이번에 〈살로메〉 올리면서 시간과 예산이 부족…… 으아아악!!

―너희 작가란 놈들은 항상 말이 많아! 알겠나? 이건 자네 빚문서야! 네놈처럼 게을러터져선 결코 빚을 다 갚을 수 없단 말이다!

―사, 살려 줘! 나 지금 세 작품을 동시 진행 중이란 말일세! 이대로 가다간 내가 죽어 버려!!

―죽어? 엉? 라떼는 말이야! 하루 5,000자 이상 쓰지 않았으면 살아남을 수가 없었단 말이지! 겨우 이 정도로 우는소리 하는 게 아니란 말이다!

―대, 대체 그게 무슨 말도 안 되는 소린가!

……아니, 이건 단순히 상대의 격이 달라서 그런 건가?

물론 그것과 별개로, 쓰는 글이 확실히 재밌는 걸 보면 재능 자체는 명성대로였던 것 같긴 했지만.

아무튼, 하고 시릴은 고개를 끄덕이며 말했다.

"비비안도 그렇고, 나도 아버지한테 사랑을 못 받은 건 아냐. 그래도 아버지가 한량에 재능 낭비 삼류 건달인 건 맞단 말이지."

"어…… 응."

이게 정상적인 부자 관계인가? 시드니는 숨 쉬듯이 자신의 아버지를 말로 까는 시릴의 모습에 뭐라 말해야 할지 알 수 없었다.

사실 생각해 보면 그 자신도 정상적인 가족은 겪어 본 적이 없었기 때문에 할 말이 없는 것이기도 했다.

그가 그러고 있자, 대신 시릴이 담담하게 말했다.

"그런 의미에서, 나도 커서 아버지처럼 되지 말란 법이 없진 않단 말이야."

"그래서 군대야?"

"응. 적어도 장교가 되면 나라에서 굶겨 죽이진 않을 테니까."

"······흐으으음."

뭐야, 의외로 제대로 생각하고 있는 거였잖아.

시드니는 시릴에게 내심 배신감을 느끼며 그렇게 생각했다. 나쁜 자식. 나를 동지라고 생각했는데.

"뭐야, 넌 아직 뭐하고 싶은지 안 정했어?"

"솔직히, 응."

시드니는 침대에 누워 천장을 바라보며 맥아리 없이 중얼거리듯 말했다. 그런 동갑내기 친구의 모습을 보며, 시릴은 태평하게 머리를 긁적거리다가 말했다.

"거, 뭐 하면 나랑 같이 군대나 가자. 적어도 밥은 먹고 살겠지."

"야, 말이 되는 소리를 해. 난 너희 집처럼 사관학교 갈 돈이 없다고."

"우리 아버지가 가진 돈이······ 없지. 음. 그래도 내가 말하면 같이 보내 주지 않을까."

그럴까. 하지만 시드니 채플린은 딱히 그럴 생각이 안 들었다. 굳이 말하자면, 그쪽이 자신의 꿈과는 전혀 관계가 없다고 느끼는 게 가장 큰 문제였다.

'꿈이라······.'

새삼스럽게, 이런 걸 고민하는 것 자체가 굉장히 사치스럽게 느껴졌다.

어렸을 때부터, 시드니 채플린은 그런 것이 허락되는 환경이 아니었다.

지금이야 천장도 있고 침대도 있고 베개도 이불도, 그리고 무엇보다 (룸메가 있을지언정) 자기 방이 있지만.
그는 그런 것들을 소유해 본다는 경험 자체가 굉장히 낯설었다.
아버지에게 버림받고, 어머니는 정신이 나갔고.
동생을 먹여 살리기 위해 뭐든 하다가, 우연히 '어린이집'에 들어올 수 있었으며, 어찌어찌하다 보니 극장에 취직했던 그에게 꿈이라니.
'찰리라면 몰라도.'
찰리는 진심으로 연기를 좋아하지 않는가. 게다가 '그' 한슬로 진이나, 오스카 와일드에게 천재라는 얘기도 들었다.
아쉽게도 자신의 연기는 거기에 전혀 미치질 않으니, 시드니로서는 굳이 연기의 길을 계속 가야 할까 라는 회의감이 들고 있기도 했다.
어쨌든, 어머니처럼 막살다가 못된 남자에게 걸리거나, 아버지처럼 인간 말종으로 사는 것보단 나을 테니까.
'하지만…… 솔직히.'
품에서 피어오르는 의문을 베개를 끌어안으며 속에 다시 욱여넣던 그때였다.
"시드니? 시드니 채플린 군?"
"앗, 넵."
방문을 열어 보자, 간호학교에서 왔다던 간호사복의 선

생님이 복도에 서 있었다.
"지금, 괜찮나요?"
"예. 선생님."
"좋아요. 그러면 간호부장 선생님의 호출이 있었으니, 교무실로 이동하세요."
"네. 알겠습니다."

시드니는 고개를 끄덕이며 다른 학생들의 방을 둘러보러 가는 간호 선생과 반대 방향으로 걸어갔다.

대체 무슨 일일까?

그렇게 생각하며 운동장으로 나가자, 입구에서 소란스러운 소리가 들려왔다.

"으, 으억…… 수, 술 딱 한 잔만 더……!"
"심하시군."
"선생님, 마취 후 이송할까요?"
"그러지."

뭐야, 흔한 주정뱅이인가. 시드니 채플린은 그렇게 생각했다.

학교는 아직 빈 건물이 어느 정도 있기 때문인지, 간호학교에서 선생님들이 온 뒤로 예전 화이트채플에 살던 사람들이 옛 버릇 못 고치고 술에 취해 돌아다니는 걸 납…… 아니, 마취해서 잠시 쉬고 가는 장소로 쓰는 곳들이 있었다.

물론 학생들이 생활하는 기숙사와는 어느 정도 거리가

있었지만, 그래도 같은 학교의 안이다 보니 눈에 안 띌 수는 없었다.

'뭐, 어차피 여기 있다 보면 어쩔 수 없이 눈에 보였었고.'

화이트채플이나 이스트엔드에서 살다 보면 어쩔 수 없이 주정뱅이, 성 노동자, 범죄자에 익숙해지곤 했었다.

그리고 시드니 채플린은 무심코 자신이 그것을 과거형으로 썼다는 것에 놀랐다.

어느 새부턴가. 확실히 그런 것들이 보이는 빈도가 점점 줄어들고 있긴 했다.

'그러고 보니 학교 밖도 꽤 깨끗해졌고.'

취객의 구토. 썩은 음식물. 들끓는 시궁쥐와 길고양이.

시드니 채플린은 그런 것이 그저 과거의 것들로만 느껴지는 자신에게 크게 놀랄 수밖에 없었다.

하지만 시드니 채플린은 더 이상 생각을 이어 갈 수 없었다. 어느새 그가 교무실 앞에 도착해 있었다는 것을 깨달았기 때문이다.

"부장 선생님, 시드니 채플린입니다."

"들어와요."

문을 열고 들어가자, 안에 있는 것은 간호부장 선생님뿐만이 아니었다.

시릴 와일드의 어머니인 콘스탄스 와일드 교감 선생님도 있었다.

"안녕, 시드니."

"아, 안녕하세요."

오스카 와일드에게도 신세를 졌던 만큼, 그 아내인 콘스탄스도 시드니와 구면이었다. 그녀는 시드니 채플린을 자리에 앉힌 뒤 말했다.

"시드니. 어머니가 정신 병원에 입원해 있다고 들었단다."

"……네."

"그분을 나이팅게일 간호학교로 옮겨서 돌봐 드릴 예정인데, 어떻게 생각하니?"

"예?"

시드니가 크게 눈을 떴다. 갑자기?

하지만, 간호부장 선생님은 고개를 저으며 말했다.

"갑자기가 아닙니다, 시드니 채플린 군."

"그, 그럼요?"

"한슬로 진 작가님의 특별 지시사항입니다. 특별히 위중한 학부모가 있을 경우, 간호학교에서 특별히 관리해 달라는."

"예……!?"

"입원비는 걱정 안 해도 된단다. 재단에서 대신 내주기로 했으니."

어째서, 라는 말이 자연스럽게 흘러나왔다.

대체 왜 이렇게 좋은 일이 연달아 생기는 것인가. 시드니가 의아해하던 그때, 콘스탄스 와일드 교감이 담담하게 말했다.

"그러니, 이제 다른 걱정은 전부 내려놓으렴."

"……무슨, 말씀이시죠."

"너무…… 어른인 척 안 해도 된다는 뜻이란다."

콘스탄스 와일드가 시드니 채플린의 머리를 쓰다듬었다.

시드니 채플린은 어째서인가, 자신의 눈에서 이슬방울이 절로 뚝뚝 떨어지고 있었다는 것을 깨달았다.

생각해 보니, 처음이었다.

누군가가 그의 머리를 쓰다듬어 주는 일도.

눈에서 비처럼 눈물이 흐르는 일도.

'그러면……!'

그리고.

'그러면, 나도!'

꿈에 솔직해질 수 있게 된 것 또한.

* * *

수신제가치국평천하(修身齊家治國平天下)라는 말이 있다.

일단 일을 해도 집부터 다스린 다음에 해야 한다는 말이다.

그 유명한 장 자크 루소조차 제 자식들을 고아원에 버리고 철학 설파하다가 볼테르한테 오지게 까였잖아.

그러니까 결국, 톨스토이를 접대하든, 납 규제에 성공하든, 학교를 세우고 나이팅게일이나 체임벌린과 손을 잡든…… 바깥일을 제대로 하려면, 일단 그 전에 집안일부터 제대로 끝냈어야 한다는 건데.

내가 그걸 못했다.

"흥. 한슬 미워."

"아, 아가씨!?"

"난 한슬 같은 거 몰라."

"아, 안 돼요!!"

"한슬보다 아빠가 더 좋아."

"크으으윽!!"

아가사 메리 클라리사 밀러.

올해 6살.

새 학기가 시작되어 각자 학교로 간 몬티와 매지가 비어 버린 애쉬필드의 자리를 채워 주는, 밀러 가문의 청량제이자 하나 남은 비타민이…… 팔짱을 끼고 나를 외면한다.

그리고 그것은, 지금의 내게 하늘이 무너지는 일과 같았다.

"아, 아녜요!! 전 아가씨를 위해!!"

"흥. 몰라. 미워."

"크하하학!!"

피를 토하면서도, 나는 스스로를 자아비판 할 수밖에 없었다.

똑바로 서라, 과거의 한슬로 진 이놈!! 어째서 메리 아가씨와 놀아 주지 않았지!?

물론 나도 나름대로 아가씨를 위해 열심히 뛰어다녔다는 핑계는 댈 수 있다. 핑계는!

하지만 과거 매지가 나한테 여행을 권하고, 나도 프랑스에서 푹 쉬고 온 뒤로 쉬었느냐 하면…… 그닥 못 쉰 것도, 메리와 못 놀아 준 것도 사실이다.

그래도 나름 에디스 네스빗 여사나 조지 맥도날드 영감님 책을 가져다주거나, 사보이 극장에서 같이 연극 보거나 하면서 나름 점수를 땄다고 생각했는데.

역시 아무래도 직접 같이 놀아 주는 것만큼의 효과는 없었던 모양이다. 크흑. 이런 불찰이……!

"저런. 그러니까 좀 더 자주 내려오지 그랬나."

"밀러 씨……! 아니, 밀러 씨도 자주 런던 올라오셨잖아요!"

나이팅게일하고 연결해 주셨던 것도 밀러 씨였으면서!

하지만 밀러 씨는 당당하게, 메리를 자연스럽게 안아 들면서 승리의 미소를 지었다. 얄밉게도!

"후후후. 그래. 하지만 자네도 런던에 '올라갔다'고 표현하지 않았나? 즉, 난 주로 토키에 있었단 말이지! 자네

시시해서 죽고 싶어진 나비 〈199〉

와 달리!"

"아뿔싸!"

내가 이걸 놓치다니! 원통하기 그지없다.

그렇게 나와 밀러 씨가 메리를 두고 콩트를 찍고 있던 그때, 클라라 부인이 다가와 밀러 씨의 품에서 메리를 빼앗아 안으며 말했다.

"자, 자. 어른스럽지 못한 장난은 거기까지 해요."

"해요~"

"……네."

"흠, 흠. 난 원래 그만하려고 했다오. 부인."

아니, 이 아저씨가 정말 치사하게.

다행히 정의가 무엇인지 아시는 클라라 부인은 고집을 부리는 밀러 씨의 옆구리를 가볍게 찌르셨고, 밀러 씨는 아픈 건지 좋아 죽는 건지 모르는 표정으로 녹아내렸다…… 어휴, 하여간 이 잉꼬부부.

"아무튼 한슬? 애랑 못 놀아 준 게 아쉬우면, 내려온 김에 메리랑 한번 제대로 놀고 오면 어때요?"

"나도 그렇게 말하려 했다네, 핸슬."

"놀러 가는 거야, 딱히 어려울 일은 아닙니다만."

나는 주책맞은 아재는 무시하고, 머리를 긁적이며 클라라 부인에게 말했다.

"놀러 갈만한 곳은 거의 다 가 봤다는 게 문제네요. 뒷동산이라든가, 앞바다 구경이라든가, 시내라든가……."

그렇다고 또 런던에 데려가는 건 애매하단 말이지.

음, 아니다. 영국에 도심이 런던만 있는 건 아니잖아? 에든버러라든가, 맨체스터라든가, 버밍엄이라든가, 그런 곳에 가면 어떨까 같은 생각을 하고 있는데.

"이런 건 어때요? 엑시터에서 부인들이 많이들 이야기하던데."

뭐지. 나는 심드렁한 속내를 숨기며 클라라 부인이 건넨 전단지를 받아 보았다.

아닌 말로 이 시대에 애들이 볼만한 구경거리래 봐야, 서커스 같은 게 전부 아니겠냐. 놀이공원이라도 있을 게 아닌 다음에야…….

〈테마파크 신규 개장! 블랙풀 플레져 비치(Blackpool Pleasure Beach)로 여러분을 초대합니다!!〉

"……있네?"

놀이공원.

* * *

블랙풀 플레저 비치(Blackpool Fleasure Beach).

솔직히 이름은 그리 낯설지 않았다. 아니, 오히려 꽤 익숙한 이름이었다.

롤러코스터 타이쿤이었나? 옛날 컴퓨터에서 돌아가던 게임을 둘러보면 나오는 이름 중 하나였거든.

근데 그게 실제로도 있는 거였네?

뭔가 대단히 신기한 기분이었다. 이 시대에 유원지가 있다는 것도 그렇고, 그게 전에 게임에서 봤던 이름이라는 것도 그렇고.

심지어 그게 눈앞에 신장개업으로 빤짝빤짝한 상황이라는 것도.

사실 그런 것들을 알고 나서도 여기에 와도 괜찮은가? 라는 고민을 많이 했었다.

그건 초월적인 어떤 존재가 갈고리로 공원에 놀러 온 사람을 물에 빠트린다든지, 아니면 길을 이상하게 만들어서 영원히 돌아갈 수 없는 미궁으로 만든다든지 하는 코스믹호러적인 무언가 때문만은 아니었다.

오히려 그 곁에 있을 무언가였지.

그게…… 그렇지 않은가, 보통 놀이공원이라 하면 같이 붙는 대명사가 있으니까.

동물원이라든지 사파리라든지, 그런 거 말이다.

즉, 이 시대에서 그런 종류라고 하면…… 그거 아니냐고.

사람 전시.

학교에서 도덕 시간에 배운 '사라 바트만'만이 아니다.

이 시대 혐성국들은 특이하다면, 심지어 그게 자국인이라고 하더라도 장애인이나 희귀병으로 외모가 흉해진 인물이라도 아낌없이 구경거리로 내몰았다.

'엘리펀트 맨(Elephant Man)', 조셉 메릭(Joseph Merrick)이 대표적이다.

내가 영국에 온 1890년에 부고 기사를 본 적이 있어서 더 잘 기억난다.

아무리 당대 의학 기술로는 불가능한 일이었다지만, 이 시대에도 멀쩡히 사람이라고 인식되던 사람을 '악의 열매'랍시고 붙여 놓고 죽기 직전까지 때리고 반죽음 상태가 되었을 때야 의사를 불러 댔으니, 참.

하여튼 그래서 나는 나름대로 사전 조사를 하고, 만약 틀린 게 있으면 언제든지 메리를 안고 빠져나올 생각이었다.

그런데.

"아하하하!! 재밌어!!"

"메리, 다음은 저거 타는 게 어떻겠니?"

"응, 좋아!!"

……별거 없네? 나는 멍하니 클라라 부인과 함께 신나게 쏘다니며 놀이공원을 헤집는 메리를 보며 머리를 긁적였다.

대체로 바닷가에 지어진 이 놀이공원은 원래는 산책로 부지를 사들여서 개조하고, 그 위에 거대한 놀이기구 여러 개를 세운 것에 가까웠다.

레일 바이크, 후룸라이드(Flume Ride), 슬롯머신…… 이건 놀이기구라기보단 그냥 게임센터 같은 느낌으로 있는 거고.

하여튼, 기술적인 문제로 현대에나 나올 수 있을 법한 놀이기구들을 제외하면 대체로 있을 건 다 있었다.

이것 참, 이러면 걱정했던 게 너무 바보 같아지는데.

그런 내 어깨를 툭 치며, 밀러 씨가 파이 앤 매쉬(pie and mash)를 건넸다. 집시가 하는 노점상에서 사 온 음식이었다.

"자네, 뭐 하나? 자네도 가서 놀아야지."

"아, 밀러 씨."

나는 파이를 받아 들며 입에 물었다. 음, 소고기 맛이네.

"아무래도 이런 곳은 익숙하진 않긴 하네요. 하하."

"그러니까 골방 안에서 글만 쓰지 말고 밖으로 좀 나와야 한다는 거 아닌가."

밀러 씨는 어깨를 으쓱이며 자기도 크게 한입 물었다. 부자인데도 저런 서민 음식을 자연스럽게 사 오고 먹는다는 게 역시 밀러 씨의 호감 가는 부분이다.

아니, 그보다 억울하네. 내가 요즘 얼마나 빨빨거리고 돌아다녔는데. 예? 제가요. 톨스토이도 만나고, 체임벌린도 만나고, 나이팅게일도 만나고!

"그거 거의 대부분 접대 아닌가. 운동을 하게, 운동을."

"크흑."

"글을 안 쓸 땐 그래도 내가 제법 데리고 다녔는데, 런던에 있다 보니 자네, 배가 점점 나와."

"허헉."

아픈 데를 사정없이 찌르시네. 나는 나도 모르게 고개를 숙여야 했다. 그리고 두툼한 뱃살이 내 눈을 채웠…….

아, 아냐. 이건 전부 건강보험 있는 거마냥 먹어 대는 영국 문화 때문이다. 솔직히 이 양반들, 김치도 없는 주제에 죄다 짜게 먹잖아! 오죽하면 내가 식객에서 본 기억까지 떠올려 가면서 양배추 김치를 만들어야 했었겠냐고!

아무튼, 이렇게 찔렸는데도 가만히 있으면 사나이가 아니지. 나는 벌떡 일어나 남은 파이를 전부 입에 쑤셔 넣으며 말했다.

"진한솔, 출격합니다!"

"응?"

"아가씨! 다음은 저거 타 보죠!!"

"응, 한슬 좋아!!"

좋아, 어차피 온 거 끝을 봐야지.

나는 클라라 부인은 밀러 씨와 데이트하라고 보내고 바통, 아니 메리를 넘겨받아 무등을 태운 뒤 열심히 돌아다니기 시작했다.

그리고 겸사겸사 이 시대의 놀이공원이라는 것을 유심히 관찰했다.

호치키스 사가 만들었다는 레일 바이크는 이름만 같

지, 정선에 있던 거랑은 크게 달랐다.

일단 1인용이었고, 진짜 자전거를 타고 바닷가 경치를 둘러보는 느낌이라 꽤 색다른 느낌이다.

후룸라이드, 아니 정식 명칭 로그 플룸(Log flume)은 크게 두 종류였는데, 하나는 일반적인 놀이공원에 있던 워터 코스터와 비슷했다.

급살이 생각보다 빨라서 의외로 괜찮았지.

또 하나는 좀 완만한 느낌.

다만 좀 외곽 쪽에 위치해 있어서, 그 위에서 레일 바이크와 비슷하게 경치를 둘러보는 느낌이다. 심밧드의 모험과 비슷하려나.

그리고 놀이공원의 꽃, 대관람차.

……이건 휴식을 위해 만든 기구라는데, 뭐랄까…… 내가 생각하는 그런 관람차와는 차원을 달리했다.

"와! 여기 시원해! 높다!"

"우, 움직이지 마세요."

상상을 초월하게도 유리창이 없었으니까.

그냥 스키장 리프트랑 비슷한 거라고. 속도가 느린데도 바람이 숭숭 불어오니까 높이 올라가는 것만으로도 상당히 공포스럽단 말이야, 이거.

아니, 안전 불감증 대체 뭔데!?

"아가씨, 재밌으셨습니까?"

"응!"

"예…… 그거면 됐죠."

여러모로 신경 쓸 게 많아서 진이 빠지긴 했지만, 그래도 괜찮은 게 있다면 뚱해 있었던 메리는 한결 기분이 나아진 목소리였다는 점이다.

왜 모습이 아니냐면, 내 목 위에 올라타 있었기 때문이다.

"한슬, 미아내."

"예? 무슨 말씀이십니까?"

"사실 한슬 안 싫어. 조아."

"아하하. 괜찮습니다."

그렇게 말하면 또 양심이 굉장히 찔리는데.

솔직히 내가 방치한 건 사실이었으니까. 그러니 달게 받아들이고, 앞으로 잘하자.

그렇게 생각하고 있는데…… 메리가 폭탄을 떨어트렸다.

"근데 아빠가 그러케 말하라고 해써."

"……밀러 씨이이이?!"

이 양반이 진짜 유치하게?!

아, 아냐. 그렇지 않다. 밀러 씨가 그렇게까지 유치할 리가 없지.

음, 그래. 밀러 씨는 그저 날 쉬게 만들려고 했던 것일 테다. 내가 요즘 너무 일만 한 것도 사실이니까.

그러니까 돌아가면 크리켓 배트만 분지르는 걸로 용서

해 드리자.

응. 밀러 씨도 밖에서 놀지 말고 가족 서비스하셔야지!

"한슬, 괜찮나?"

"괘, 괜찮습니다. 하하하."

그건 일단 집에 가서 생각하기로 하고, 일단은 아가씨에게 집중하기로 생각한 순간.

내 뒤통수에 딱 달라붙어 있는 메리의 배에서 꼬르륵거리는 위장 소리가 두개골을 통해 들려왔다.

"아가씨, 뭐라도 드실래요?"

"움~. 그럼 난 저거!"

머리 위에 있어서 안 보이는데. 나는 앙증맞은 메리의 다리를 번쩍 들어, 앞으로 안았다.

그러자 메리가 다리만큼이나 앙증맞은 손을 뻗어 어느 포장마차를 가리켰다.

"사탕이요? 이 썩는데요."

"이 잘 닦을게!"

"흠, 진짜죠?"

"웅! 하루 세 번, 밥 먹고, 치카치카!"

좋아. 어렸을 때부터 교육을 잘한 보람이 있구먼.

나는 빙긋 웃으며 고개를 끄덕인 뒤 메리 몫의 사탕과 내 몫으로 진저에일을 사서는 적당한 벤치에 앉았다.

"아가씨, 재미있으셨습니까?"

"웅! 너무너무 재미써써!"

사탕을 입에 무니 발음이 평소보다 더 뭉개진다. 나는 피식 웃으면서 메리의 머리를 쓰다듬었다.
"한슬, 한슬은 재미써써?"
"예에. 무척 재밌었습니다."
답은 그렇게 했지만…… 솔직히 그리 재미있지는 않았다.
뭔가 양심이 무척 찔리는 느낌이지만 그게 사실이다.
아니, 어쩔 수 없잖아. 솔직히 로그 플룸을 빼고는 별로 즐겁지 않았단 말이지…… 대관람차는 스릴은 있었다만, 그게 원래 그런 기구가 아니잖아?
안전이 위험하니까 논외다 논외.
이건 내가 인도어파냐, 아웃도어파냐의 문제가 아니다.
순수하게 내가 미래에서 즐긴 놀이기구에서 얻는 카타르시스, 스릴의 맛이 너무 초월적이었던 거지.
아닌 말로 솔직히 청룡 열차, 그러니까 롤러코스터도 없잖아?
이럴 거면 롤러코스터 타이쿤에 왜 나온 거냐는 생각마저 들었다.
그때는 분명 롤러코스터가 메인인 놀이공원처럼 보였는데 말이지…….
아무래도 기계장치가 완전히 개발되진 않은 시대다 보니 어쩔 수 없는 게, 현대와 비슷한 놀이기구가 있다 해도 영 속도에 맥아리가 없다.

높이로 쳐도 바이킹이나 자이로드롭까지 가지 않아도 기구 여행 선에서 컷이다.

이러니 내가 어떻게 흥분할 수 있냔 말이지.

자극이라는 게 이렇게나 상대적이다.

흐음…… 가만히 있어 보자.

순간 무언가 발상이 번뜩이기 시작했다.

"음…… 확실히 이게 요렇게."

"한슬?"

"으음…… 그러려면 배경이 아무래도 그때여야겠고. 근데 이러면 사람들한테……."

"한슬? 한슬?"

"어머, 메리. 무슨 일이니?"

"아, 그렇지. 그러면 그건…… 이러면 되겠고."

"한슬이 이상해!"

"아아, 오랜만에 보는군. 괜찮단다. 메리."

내가 알지 못하는 사이, 밀러 씨는 나를 보며 그렇게 얘기했다고 한다.

"다음엔, 재밌는 걸 볼 수 있을 거야."

* * *

〈하하하! 딕터 교수님! 드디어 당신을 독 안에 든 쥐 신

세로 만들어 드렸군요.〉

"바, 박사님. 어쩌죠?"

"허허, 참."

딕터 박사는 헛웃음을 흘렸다.

어쩔 수 없었다. 항상 땍땍거리던 그레이스가 조용히 그의 등에 붙어 있는 것이 귀여운 반면.

그의 옛 제자였던 '그'는, 저 앞에서 전혀 귀엽지 않게 굴고 있었으니.

〈자, 이제 이 다이너마이트에 폭탄만 터트리면— 이 폐광과 함께 당신은 영원히 사라집니다. 어때, 유언은 정하셨습니까?〉

"후우…… 거참, 자네라는 자는 또 그러는군."

이건 이런 이라며 쓰고 있던 방서모(防暑帽)를 가볍게 매만지던 그는 날카로운 눈빛으로 그를 노려보며 답했다.

"분명히 가르치지 않았는가?"

그레이스가 크게 놀랐다. 이 차가운 말투가, 그녀가 알던 그 딕터의 말투인지 헷갈릴 정도다.

"〈LESSON 4. 사람의 역사에 경의를 표하라〉"

폐광이라고?

딕터는 모자의 챙 아래로 불타오르는 눈으로 단호하게 소리쳤다.

"자네에겐 보이지 않나?! 이것은 지하도시다! 박해받

던 원주민들이 스스로의 신앙을 지키기 위해! 빛조차 들지 않는 가장 낮은 곳에 파고든 증거! 하나님의 자손으로서 어찌 이런 역사에 야만스러운 폭탄 따위를 들고 올 수가 있나!!"

〈끝까지 잘난 척이로군요. 교수님.〉

가면과 음성변조기로 모습을 감춘, 어둠 속의 그자는 묘한 적개심을 담아 소리쳤다.

〈이런 야만족의 도시 따위 어차피 보물을 빼내면 아무짝에 쓸모도 없단 말입니다!〉

"아직까지 토피나 빨아 먹던 어린아이 그대로로군."

〈이…… 이익! 날, 날 그렇게 부르지 마!〉

날카로운 기계음이 사방으로 튀어 오른다.

〈그렇다면, 그 잘난 경의와 함께 영원히 사라지시죠!!〉

"박사님!!"

그때였다. 그레이스의 시야가 어둠으로 뒤덮였다. 딕터 박사가 그녀를 등 뒤로 밀쳤다는 것을 깨달았다.

그래서 다음 순간. 그녀는 제 머리를 덮친 것이 바닥에 부딪힌 충격에 의한 것인지, 아니면 폭탄이 터지는 굉음인지 알 수 없었다.

"박…… 사님!"

"가세나, 그레이스 양!!"

예? 라고 묻기 전에, 그레이스는 몸이 갑자기 확 당겨지는 것을 느꼈다.

그리고.

쿠르르르……

"허, 헉!?"

폭탄이 터진 게 맞았던 모양이다.

그레이스는 어둠 속의 폐광이 무너지는 것을 느낄 수 있었다.

하지만 그녀의 시야 속에서 그 광경은 순식간에 작은 점 하나로 축소되었다.

"이, 이게 대체?!"

"광산인 줄 알고 제국이 깔아 놓은 광차(鑛車)일세! 하하하! 이런 일도 있을 줄 알고 미리 준비해 뒀지!!"

"바, 박사님!!"

아니, 광차라고 해도 너무 빠른데!?

그레이스는 동굴 속 종유석이 마치 시간처럼 빠르게 흘러가는 느낌을 받았다. 그녀 자신이 너무 빨랐기 때문이다.

"바, 박사님!! 저기 출구예요!!"

"안 좋군."

"예!?"

"저기 절벽이야."

"예에에에에?!"

어떻게 아시냐, 라고 물을 틈도 없었다. 이미 광차는 그 출구 밖으로 그들을 내보냈기 때문이다.

시시해서 죽고 싶어진 나비 〈213〉

아니, 정확히 말하면 튕겨 보냈다고 해야겠다.

끊긴 레일 사이로 광차는 떨어졌고, 그들은 지금 하늘을 날고 있었으니까.

"아, 안 돼!! 아직 결혼도 못 했는데!!"

"꽉 잡게나, 그레이스 양!!"

그때였다. 그레이스는 자신이 붙잡은 딕터 박사의 어깨 위로, 알루미늄으로 만들어진 프레임과 그 위에 크게 펼쳐진 거대한 천을 보았다. 그레이스는 입을 크게 벌렸다.

"그, 그건?"

"행글라이더(HangGlider)일세."

이런 일도 있을까 봐 준비해 뒀지.

딕터 박사는 호탕하게 웃으면서 말했다. 그레이스는 이런 일이 있을 줄 알면 왜 진작 경찰에 알리지 않은 거냐고 소리치지 않았다.

너무 지치기도 했거니와.

"와……."

절벽의 건너편.

해가 지는 항구의 모습이, 굉장히 아름다웠기 때문이다.

＊　＊　＊

잠시 시간을 돌려서.

〈딕터 박사의 기묘한 모험〉이 처음 나왔을 당시, 대중이나 귀족가는 처음 기획 의도대로, 차오르는 모험심을 충족시키면서도 신사로서의 품위를 지키는 데이비드 I. 딕터 박사에게 열광했다.

"이교도들에게 핍박받은 기독교인들의 마지막 은신처, 지하도시라고……!?"

"그런 곳을 터트리다니, 이 가면 쓴 놈들은 대체 뭐 하는 작자들인 거지!?"

"역사에 경의를 표하는 고고학자라니…… 이 시대에서는 보기 힘든 인물이군. 그 점이 짜릿해! 동경하게 돼!!"

대중들은 그저 전자. 딕터 박사의 유적에 대한 젠틀한 영국 신사다운 품위와, 그에 대변되는 악의 조직에 분개하며, 그들의 악행을 성토하였으나.

정작 그 악의 조직이 하는 짓거리를 당당히 하고 있는, 영국 역사학계의 반응은…… 썩 좋지 않았다.

―이 책은 학자가 지나치게 유약하게 묘사된다.

―문명이나 인종, 문화에는 우열이 없다니! 이 작자는 우생학도 모른단 말인가?

―뭐? 현지의 문화를 존중하고 유적을 보존하기 위해 공개를 하지 않는다고? 이런 멍청한! 그러니까 맨날 예산이 부족하다고 제 노…… 아니, 대학원생에게 타박이나 받는 거 아닌가! 그런 게 없으니 대체 어떤 할 일 없는 사업가가 학자들을 지원해 주냔 말이야?!

인류학, 역사학, 그리고 고고학.

인류의 역사를 파고들고 더 많은 자료를 교차검증하고, 더 많은 발견을 위해서라면 물불을 안 가리는 학자들이 바로 그들이었으며.

그 핑계로 수많은 침략과 수탈을 정당화하고 우생학을 강화하는 수단으로 쓰이는 것도 아랑곳하지 않는 이들도 바로 그들이었다.

심지어 하인리히 슐리만(Heinrich Schliemann, 1822~1890)이 아마추어식 마구잡이 발굴로 반발을 얻을지언정, '트로이 문명의 발견자'이자 '그리스 선사고고학의 시조'로서 칭송받는 것에 질투를 느끼는 이들도 적지 않으니, 〈닥터 박사〉에서 주장하는 도덕적인 문화 연구 방식이 배부른 소리로 느껴지는 것도 어쩔 수 없는 노릇이었다.

하지만 그것도 잠시.

―자네, 들었나? 물리학이나 화학 쪽에서 갑자기 〈닥터 박사〉 단행본을 사들이고 있다는데?

―그게 무슨 소리야? 걔들이 왜?

―내가 알기론 그건 곁다리라던데. 주로 찾는 건 〈던브링어〉, 〈타임머신〉, 〈해저 2만리〉…… 하여튼 공상과학? 인가 하는 거라더군.

―공상과학이고 자시고 대체 그걸 왜 사냐고. 그 양반들이 그렇게 소설을 좋아했던가?

―듣기로, 그 소설 덕에 큰 발견을 하나 했다던데…….

―에이, 설마. 소설이 잘 나와 봐야 소설이지.

잘 나와 봐야 소설, 이 아니었다.

〈던브링어〉에서 암시된 X선을 발견한 뢴트겐, 그리고 〈빈센트 빌리어스〉 덕에 통과된 납 규제 법안.

이런 상황이 알려지자, 발견에 목마른 걸로는 과학계에 뒤지지 않는 역사학계에서도 가만히 있을 수 없게 되었다.

"따지면, 〈던브링어〉는 원래 우리 과목 아니냐? 근데 왜 그걸 과학부 놈들만 덕을 보고 있어!?"

"자, 이번 우리 대학 연구소에 새롭게 내려온 과제다. 지금부터 내일까지 이 〈닥터 박사〉를 모두 읽도록 한다."

"하, 하지만 그 소설은 우생학을……!"

"닥쳐! 그럼 남들은 다 하는데 우리는 가만있으리?"

'연구를 위해 뭐든지 할 수 있는데 그걸 규제해서 기분이 나쁘다'면.

역으로 '연구를 위해서라면 그 기분 나쁜 것과도 손을 잡을 수 있는' 이들이 바로 그들이었으니.

한때 배척했던 과거는 일단 무시.

그들은 점차 〈닥터 박사〉에 등장한 유적지들을 하나하나 검토하기 시작했다.

그리고 그 와중에.

"지, 진짜였다!"

"세상에, 그러면 이 '죽음의 언덕(Mound of the

Dead)'이 정말 유적지라고요!?"

"그래! 소설에서 나온 그대로야!!"

영국령 인도, 봄베이 주(현재의 파키스탄 신드)의 인더스강 하류 계곡 지역.

그 동네에서 죽음의 언덕, 즉, 모헨조다로라고 부르며 접근을 꺼려왔던 기묘한 언덕 위에서, 이제까지의 것과는 비교도 되지 않을 정도로 오래된 불교 사원의 존재가 발견된 것이다!

―나는 그곳에서 '인더스 문명(Indus Civilization)'이 남긴 거대한 유적지를 발견했지.

―도로와 집들이 규칙적으로 배열되어 있고, 사리탑과 대목욕탕, 곡물 창고 같은 눈에 보이는 시설뿐만이 아니라. 급수와 하수, 쓰레기 처리시설까지 갖춘 실로 거대한 계획도시였다네. 거길 탐험하는 건 정말로 즐거운 여행이었어.

―응? 근데 자네는 왜 모르냐고? 그야 내가 발표를 안 했거…… 잠깐! 멈추게, 그레이스 양! 그런 짓을 했다간 유적지가 훼손돼 버려!

"맙소사."

"작가의 과장이나 상상이 아니었어!? 진짜로 이런 하수도가 있었다고?!"

"내가 지금 인도에 있나, 아니면 로마에 있나? 더운 걸 보니 인도인 건 확실한데?!"

이를 발견한 첫 발굴 핵심 관련 조사 기관인 인도 고고학 조사국(Archaeological Survey of India)은 이를 철저히 분석하면 할수록 경악할 수밖에 없었다.

소설 속, 딕터 박사의 설명 그대로, 고대 인도에 있었다고 보기엔 너무나도 정교하고 또 어마어마한 유적이었다.

그야말로 고대 시대의 신비를 품은, 고고학자라는 직업을 갖게 만든 두근거림을 품기 적절한 결과였던 것이다.

'그래, 이런 감동을 위해서 고고학자가 된 거였지…….'

오랜 기간 여러 현실로 잊고 있던 초심을 찾기까지 했으나.

그거야 그거고, 현실은 현실이다.

"어떻습니까? 이래도 우리 예산 깎을 거예요!?"

"돈 내놔! 이 어마어마한 유적지를 다 발굴하려면 돈도 사람도 어마어마하게 고용해야 해!"

"드, 드리겠습니다!"

"필요 없어!"

한때 인도 고고학 조사국은 1895년까지 성과가 없으면 해체하겠다고 인도 총독에게 으름장까지 들어야 했던 조직.

그런 거지 같은 식민지의 고고학 조사국이 뜬금없이 대박을 터트리자, 상황은 급속도로 일변했다.

"젠장, 저 떨거지 인도 애들만 좋은 꼴 보게 할 거야?!"

"우리도 뭐라도 찾아!"

"이거, 어떨까요? 이집트 왕가의 계곡에 아직 발견되지 않은 무덤을, 개발되면 다른 무덤에도 피해를 줄 수 있다는 이유로 숨겨놨다는 대목이 있는데……."

"거기 무덤이 한둘이냐?! 30개가 넘는 곳에서 소설 묘사만으로 어떻게 찾게?!"

하지만 애초에 전문적인 지식을 가진 전 공자도 아니고, 그저 취미로 조금 어설프게 주워들은 게 전부인 미래인의 소설 묘사가 마치 내비게이션같이 그렇게 상세할 리가 없었으니.

위치도 '음…… 분명 구그레-어스로 봤을 때 어디쯤이었으니 대충 이런 식으로 묘사하면 되겠지.', '아, 몰라. 누가 찾아가지도 않는데 뭐 어때 대충 그럴싸하면 되지.' 같은, 식으로 적은 거라서 무척이나 엉터리.

하지만 어쩌겠는가? 그들로서는 이러한 어렴풋한 서술로 '결과'가 나왔으니 그걸 따를 수밖에.

보다 세세한, 묘하게 디테일한 묘사가 붙은 곳을 우선으로, 그저 정황 증거를 모아 소거법으로 후보지들을 서서히 줄여 나갈 뿐이다.

그리고, 그런 그들에게 복음처럼.

〈딕터 박사〉가 새로운 전개를 맞으며, 새로운 유적지의 정보를 알려 주었다.

"기독교를 탄압한 이교도, 그것도 제국으로까지 발전

한 이교도라면 원시 신화의 로마와 이슬람의 튀르크 제국 놈들 뿐이지!"
"반도란 언급이 있는데, 역시 발칸 반도인가?!"
"아냐, 이베리아 반도일 수도 있어! 중세 시절, 모사라베(Mozárabe)가 당한 탄압은 유명하지 않은가!"
"어휴, '제국'이라고 했잖냐! 알-안달루스(Al-Ándalus) 중에 제국이 어디 있어? 당연히 로마 제국이지!! 당장 이탈리아반도로 가야 해!"
"멍청이들아, 당연히 이교도 제국! 기독교 핍박! 그리고 지하도시라면 당연히 아나톨……! 읍읍!"
"눈치 챙겨, 병신아!!"
하지만, 그것은 동시에 그들을 절망에 빠트렸으니.
아무리 생각해도 단서는 아나톨리아를 가리키고 있다. 하지만 영국의 고고학자들은 도저히, 아나톨리아에 가야 한다고 말할 수 없었다.
'어쩔 수 없잖아.'
'그 이교도 제국, 유럽의 병자에 가서, 어떻게 기독교도들의 마지막 은신처를 찾냐?'
'난 오래 살고 싶어.'
현존하는 마지막 이슬람 제국이자, 아나톨리아 반도를 본토로 삼은 이교도 국가인 오스만 튀르크.
아무리 러시아와의 전쟁에서 된통 깨지고, '유럽의 병자'로 불리고 있는 이빨 빠진 사자라고는 하지만, 그 환자는 한때 중유럽을 통째로 집어삼킬 뻔했던 사자다.

게다가 최근엔 아르메니아인에 대한 학살, 파디샤의 독재로 인한 억압, 이로 인한 치안의 약화는, 아무리 봐도 '연구하러 오면 죽음'이라는 신호로밖에 보이지 않았다.

물론, 그 와중에도 용자는 있었으니.

"본국에서 그런 얘기가 나오고 있다고요?"

"그래. 하지만 카터군. 자네는 그런 헛소문에 휘둘리지 말게. 알다시피, 〈닥터 박사〉는 그 연구 윤리만큼은 본을 받을 만하지만, 그래도 학자로서 우생학이라는 진리를 거부하고 멋대로 문명에 우열이 없다느니 하는 소리를 하고 있지."

즉, 어디까지나 입문용 소설이란 말이야.

페트리 교수는 차분하게 말했다.

"그러니, 자네 같은 학생들은 그냥 참조만 하고 있게나."

"하지만 페트리 교수님, 만약 이걸 제가 발견한다면 앞으로 제 연구비는 평생 걱정 안 해도 되는 거 아닙니까?"

"그…… 야 그렇긴 하겠지. 하지만 말일세. 카터 군, 학자들에게 있어서 돈이라는 건 그냥 땔감에 불과해. 중요한 건 불씨, 그러니까 그 땔감을 통해 어디까지 연구의 열정을 불태우고 진실을 밝히는 프로메테우스의 등불이 될 수 있느냐—."

"그럼 교수님, 다녀오겠습니다!"

"저, 저놈이 감히! 무엇 하느냐! 저 탈주자를 잡아라!!"

"존명!!"

그렇게, 이집트 아마르나(Amarna)에 있던 플린더즈 페트리(Flinders Petrie) 연구팀의 젊은 고고학과 대학원생.

하워드 카터(Howard Carter)는 아나톨리아 반도로 가는 배에 몸을 실었다.

"죄송합니다, 교수님! 놓쳤습니다!!"

"쯧! 어쩔 수 없지."

복명하는 조교들의 평가점수를 속으로 한 단계씩 깎은 페트리 교수는 혀를 차며 고개를 저었다. 대영 제국 고고학계 이집트 지부장으로서 탈주자에게 척살령을 내릴까도 했으나, 저 열정만큼은 좋은 학자의 자질인 것도 사실이니.

"그보다는 이쪽이 급하겠군."

"교수님, 그건 뭡니까?"

"어쨌든, 딕터 박사의 연구 윤리 하나만큼은 확실히 우리 역사 연구자들의 귀감이 될 만하니."

플린더즈 페트리는 그에게 보내진 편지, 어거스터스 피트-리버스(Augustus Pitt-Rivers)의 제안서를 다시 한 번 확인했다.

——……하여, 〈딕터 박사의 기묘한 모험〉이 높은 평가를 받고 있는 이 기회에, 관련 윤리 규범을 확실히 정하

시시해서 죽고 싶어진 나비 〈223〉

고, 모든 연구자들의 모범이 되게 함이 어떨까 하오. 이 뜻에 동의한다면 부디 좋은 답변을 보내 주기 바라오.

"후, 어쩔 수 없지."

적어도 슐리만 같은 어설프고 막돼먹은 크라우트 아마추어 야만인보다는, 소설 속 영국 신사인 닥터 박사가 모든 연구자들의 귀감이 되는 것이 조금이라도 낫지 않겠는가.

그렇게, '고고학계의 히포크라테스 선서'라고 불리는 발굴 원칙, 이른바 '닥터의 선서'가 학계에 설립되었다.

이 일이 모두, 어느 놀이기구가 너무 시시해서 죽고 싶어진 미래인의, 스포일러라는 나비의 날갯짓이라는 것은 그 누구도 알지 못했다.

부활

런던, 조지 늎스 사.

〈인도 문명, 초고대 거대 유적지 발견…… "사실이라면 교과서를 바꿔야 할 일."〉

〈괴기! 소설이 유적을 예언하다!? 인기 소설 '딕터 박사'를 탐구하다!〉

〈인도 고고학 조사국, 한슬로 진에게 감사패 수여…… 작가는 정중히 거절.〉

"이걸 보시게."

사장, 조지 늎스는 불퉁한 얼굴로 신문 여럿을 내던지듯 보여 주었다.

파이프 담배에 불을 채워 넣던 아서 코난 도일은 그것을 받아 들며 휘파람을 가볍게 불더니, 여상한 표정으로

부활 〈227〉

고개를 끄덕였다.

"역시 대단하군요. 한슬, 그 친구는 대체 이런 운이 어디서 따라 주는 건지."

"지금 그런 소리가 나오나?! 자네는 배알도 없어?!"

"뭐 어떻습니까."

아서 코난 도일은 제 입에 물고 있던 파이프 담배를 맛있게 빨아들였다가, 내쉬었다.

후, 하고 부는 입김과 함께 하얀 연기가 표표히 흘러나온다.

"저 역시 그와 그의 글을 좋아하고, 성공하길 바라고 있습니다. 한슬 역시 마찬가지지요. 서로 경쟁하는 것도 아니고, 작가 연맹의 동지로서 좋은 영향을 주고받으면서 각자의 장점을 받아들이고 있는데 뭐가 문제입니까?"

"매출이 문제잖아, 매출이!!"

조지 뉴스는 벌겋게 물든 얼굴로 탁자를 쾅 치며 그렇게 말했다.

하지만 아서 코난 도일은 그저 '저런, 그래 가지고 부서지겠나.'라는 생각을 하며, 어쩐지 평소보다 맛있는 담배를 피울 뿐이었다.

"알겠나?! 나도 그 친구는 마음에 들어! 〈던브링어〉의 판매량도 만족스럽고! 하지만 그렇다고 해서 〈템플 바〉든 〈위클리 템플〉이든! 내 〈스트랜드 매거진〉보다 앞서선 안 돼! 암, 그렇고말고!!"

"허허, 참."

아서 코난 도일은 헛웃음을 지으며 고개를 저었다.

초창기, 〈피터 페리와 요정의 숲〉, 그리고 〈셜록 홈스의 모험〉이 거의 비슷한 시기에 연재되기 시작했을 때부터 부활의 아이콘, 〈템플 바〉와 새로운 잡지, 〈스트랜드 매거진〉의 경쟁도 시작된 것이나 다름없었다.

물론 그 당시에는 말이 경쟁이지, 서로 소 닭 보듯 하는 처지였다.

조지 뉴스 사의 입지와 당시에 유행했던 추리소설의 인기를 타고 〈스트랜드 매거진〉이 순식간에 기업의 직장인 등, 사회인과 청년층에게 업계 매상 1위를 차지했던 것과는 대조적으로. 〈템플 바〉는 아동소설이라는 제한적인 시장을 파고들어 아이들, 그리고 그 아이들을 돌보는 주부들을 공략한 셈이었으니.

사실상 '소설 연재 잡지'라는 큰 카테고리에서만 싸웠을 뿐 실질적으로 둘 사이에는 경쟁이 없었다고 봐도 좋았다.

애초에 그게 아니었다면, (설령 아서 코난 도일이 한번 연재를 때려치웠더라도) 서로가 작가를 공유하거나, 작가 연맹에서 협업하는 일도 없었을 테니.

그러나.

"그건 그거, 이건 이거!"

그건 작가의 관점일 뿐, 사업가의 마음과는 무관했다.

당당하고도 뻔뻔하게, 조지 뉴스가 말했다.

"어쨌든 시장은 선점(先占)하는 것이 중요하네! 그렇게 손을 잡는 것도 어디까지나 시장 밖의 적에 대처할 때지, 시장 안에서는 무슨 일이 있어도 우위를 차지해야 해!"

"허허, 참."

뭐, 저쪽도 나름 '잡지왕'이라는 명성이 있을 테니 저러는 것도 이해는 한다. 이해는 하지만……

'거, 나름대로 이것저것 일도 같이 처리한 사이인데.'

필요했을 때는 분명 〈템플 바〉의 리처드 벤틀리 주니어와 희희낙락하며 손을 잡더니만.

'하긴 요즘 분위기가 묘하긴 하지.'

이러니저러니 해도 나름 간판 작가였던 러디어드 키플링이 돌연 연재를 중단하고 왕립 문학회로 이적, 심지어 이를 대신하던 오스카 와일드는 양쪽 모두 연재하게 되었다.

그는 이것을 플러스-마이너스 제로라 생각하는 것 같다.

코난 도일 자신의 개인적인 감상으로는 템플 바에는 단편이나 동화적인 작품들이 많이 올라오기에 그렇게까지 생각할 필요는 없다고 여겼으나.

'조바심을 느낄 만도 하군.'

하지만 그렇다고 고작 몇 달이 지났는데 이렇게 안면몰수하고 저러다니…… 역시 강도귀족은 어쩔 수 없단 말인가?

아서 코난 도일은 그렇게 생각하며 슬며시 물었다.

"아무튼, 그래서 대체 하고 싶은 말이 뭐요?"

"그야 간단하지! 실력으로 꺾어 버리자는 거요! 자신이 없는 비겁자들이라면 모를까, 우리 〈스트랜드 매거진〉은 〈템플 바〉에 비해 부족함이 없는 곳이니까!"

"……후후."

한마디로 신작을 내놓으란 말이로군.

아서 코난 도일은 속으로 피식 웃었다.

경쟁은 하되, 그 수단은 철저히 정정당당하게.

조지 뉴스, 이자는 출판인 이전에 경영인이고, 경영인 이전에 신사다. 그것이 아서 코난 도일에게는 썩 마음에 들었다.

그러니 계속해서 계약을 지속하는 거 아니겠는가.

"그러니, 아서."

"무슨 말씀을 하시려는 지 알겠소."

은근하게 목소리를 낮추고 말하는 조지 뉴스에게, 아서 코난 도일은 고개를 끄덕이며 말했다.

그러잖아도— 너무 오래 쉬었다고 생각하고 있던 참이다.

사이에 습작으로 퇴역한 프랑스의 명장이자, 최후의 기사인 제라드의 일상을 다룬 소설인 〈제라드 장군〉을 쓰긴 했으나, 이건 어디까지나 자신이 주간 연재라는 시스템에 어떻게 반응할 수 있을까에 대한 시험.

결국 연재는 하지 않았으니 이건 어디까지나 취미이자

연구의 영역으로 남았다.

이러니저러니 해도 아직 자신에겐 이쪽으론 더 고뇌가 필요하다는 결론만이 남았었지.

잡힐 듯 안 잡힐 듯, 뭔가 살짝 부족한 부분이 있어서 도저히 진행하지 못한 것이다.

'뭐, 그건 좋아. 내게도 더 성장할 여지가 있다는 증거니까.'

아무튼 그 부분은 차차 천천히 해결하도록 하고…… 이제 슬슬 원래의 전장으로 돌아갈 때였다.

어쩌면 조지 뉸스가 매출이니 뭐니, 얘기했던 본 목적이 애초에 거기에 있는 거나 다름없었을 테니까.

아서 코난 도일은 손가락을 들어 올렸다.

"다만, 한 가지 부탁이 있소."

"무슨 일인가?"

"나에게 다음 달 〈스트랜드 매거진〉의 매상 부수를 폭등시킬 비책이 하나 있소. 하지만 이걸 하려면 조지 뉸스 사장 당신을 포함해 두 명의 허락을 얻어야겠군."

"나? 나는 당연히 허락이지! 매상을 높이기 위해서라면 무슨 짓이든 해도 되네! 아, 물론 불법적인 건 안 돼!"

"당연히 불법은 아니오."

다만, 불법적일 정도로 재밌을 것이다.

아서 코난 도일은 악동 같은 웃음을 지으며 그렇게 생각했다.

* * *

런던 경시청.

"이 사진이 틀림없소, 레스트레이드 경감?"

"틀림없습니다. 왓슨 박사님."

"하지만 말이 안 되는데."

사진 속, 군복을 입은 대머리 사내. 군인 출신답게 다부진 몸. 매서운 눈매와 빳빳한 콧수염은 호랑이와 같다.

몰라볼 리가 없었다. 그 사진을 바라보며 말하는 내 목소리는 마치 닭의 볏처럼 파르르 떨리고 있었다.

다만, 내 목소리를 떨리게 하는 것은 단순한 동요나 공포 같은 것이 아니었다.

분노였다.

늙어 잡아먹힐 날만 기다리는 다 늙은 폐계(廢鷄)가 아니라 사나운 장닭의 그것이다. 자기 볏에 상처를 준 상대를 노려보고, 그 부리로 내려찍어 파먹는 분노.

아프가니스탄에서 상처 입은 무릎에서부터 올라오는 듯한 그 분노가, 내 목을 끓는 주전자처럼 떨리게 하고 있었다.

"아는…… 작자입니까, 박사님?"

"세바스찬 모런. 퇴역하기 전의 계급은 대령일 거요, 경감."

"자세히 아시는군요."

"이 새끼를 퇴역시킨 게 내 보고서였으니까."

눈을 감자, 잊혀 있던 죽음이 잠들어 있던 기억 속에서 샘솟아 올랐다.

마이완드 전투. 우리 군이 대대적인 패배를 맞이한 전투였다.

하지만 내가 속해 있던 약 1천여 명의 선봉 부대는 아직 소멸하지 않은 상태였고, 죽기 살기로 싸우면서 어떻게든 전력을 보존하고 퇴각하기 위해 애쓰고 있었다.

그런데 그런 우리의 퇴로, 하나밖에 없던 다리를 어느 공병대가 폭파시키고 도망친 적이 있었다.

전략적으로 대단히 잘못된 일이었다. 퇴로를 확보할 예비대도 있었고, 적들의 공세는 매서웠지만 당장 그 다리를 건너 후방의 아군을 공격할 능력은 없었다.

폭파를 몇 시간만 늦췄어도 아무 문제 없었을 것이고, 실제로 폭파 예비 시간까지는 시간이 충분히 남아 있었다. 그런데 그것을 담당한 공병부대의 대대장이 멋대로 그것을 실행하는 명령 불복종을 저지른 것이다…….

그렇다.

그 다리를 폭파시킨 그 공병대대장이 바로 세바스찬 모런.

가증스럽게도 나와 간간이 군 내 사격 대회에서 마주친 자였다.

"그 사건 이전까진 군 내에서 명망 깊은 군인이자 실력 있는 사냥꾼으로 유명했소. 하지만 난 도저히 그를 용서할 수 없었고, 그 사건을 세세히 작성해 위에 보고했지."
"박사님에 대한 원한이 깊겠군요."
"그러면 좋겠군. 이 빛나는 대가리에 내 총알을 박아 넣을 걸, 이라고 생각한 적이 한두 번이 아니오."
아무튼 나와 이 작자의 악연은 과거일 뿐이다.
그런데 의아한 것은, 어째서 이 작자가 런던에 들어와 있냐는 것.
그리고 어떻게 살해된 메이누스 백작의 둘째 아들, 로널드 아데어 공자의 방에서 그 사진이 발견되었냐는 것.
"메이누스 백작가의 하인에게 들은 내용에 따르면, 그 작자는 죽은 로널드 공자와 같은 카드 게임 클럽의 회원이라고 합니다. 공자와 매우 친해서, 그의 집에서 며칠 묵으며 함께 게임을 하기도 하고, 역으로 그가 묵으러 오기도 했다더군요."
"카드 게임?"
이상한 일은 아니었다. 그가 보인 사냥에서의 재능을 생각하면, 카드 게임에서도 충분히 많은 돈을 딸 수 있었으리라.
하지만 내가 기이하게 여긴 점은 그 귀족적인 아데어 공자가 '어떻게' 세바스찬 모런 같은 이와 친해졌는지였다.

나는 그에 대해 전해 듣기만 했고, 모런에 대해서도 잘 알지는 못했지만, 둘의 성격이 대개 친해지기 어려운 조합이란 것은 알고 있었다.

"클럽에 소속되어 있었던 이들은 그 둘 뿐만이 아닙니다. 버논 자작의 셋째, 마이스 남작의 조카도 있었다는군요."

"귀족가의 젊은 한량들이 모여서 노는 자리였단 말이로군. 그건 흔한 일이 아니오?"

"그리고 차례차례…… 의문사했습니다."

레스트레이드의 말에 나는 입을 다물 수밖에 없었다. 대체 얼마나 많은 부모가 눈물에 잠겼을까.

아, 만약 내 친애하는 친구가 여기 있었더라면.

나는 지난 3년간 수도 없이 해 왔던 생각을 또 하고 말았다.

그가 있었더라면 적어도 '아, 당연히 알았지! 기초적인 것이라네, 친구여(Elementary, my dear)'라며 밉살맞게 구는 일은 있더라도, 이 수수께끼의 비밀을 쉽게 풀어헤쳤을 것이다.

그때였다. 문밖에서 누군가가 들어왔다. 사자를 닮은 그의 모습은 나도 익히 잘 아는 사람이었다.

"레스트레이드! 여기 있었나! 이런, 왓슨 박사님도 계셨군요!"

"그렉슨 경감. 반갑소."

"그렉슨, 무슨 일인가?"
"추가 피해자가 나왔네, 젠장!"
이 와중에 추가 피해자라고?
그렉슨은 마치 내던지듯, 아니 실제로 자료들을 우리가 앉아 있던 책상 위로 내던졌다. 거기에는 익숙한 얼굴이, 로널드 아데어 공자와 비슷한 모습으로 죽어 있었다.
"이자는, 존 클레이!?"
"맙소사. 피츠로이 공작 각하께서 크게 상심하시겠군."
"그럴 필요 없네. 이미 위에서 엄청나게 깨졌거든."
그렉슨은 그렇게 말하며 바지 밑단을 들어 올렸다. 시뻘겋게 통통 달아오른 사자의 다리가 보기 안쓰러웠다.
"그런데, 이상한 게 있어."
"무슨 말인가."
"존 클레이도 피해자들과 같은 클럽에 속해 있었네. '콜 에반스'라는 가명으로."
나와 두 경감의 눈이 마주쳤다. 이 연쇄 살인 사건의 윤곽이 서서히 드러나고 있었다.
"즉각 다른 클럽에 속한 사람들을 찾아봐야겠군요."
"지금 드러난 인물 중, 살아 있는 이 사람뿐입니다. 워낙 유명한 한량이다 보니, 오히려 행적을 찾기가 힘들더군요."
그렉슨은 그렇게 말하며 누군가의 이름을 말했다. 확실히 사교계에는 밝지 않은 나조차 그 이름을 알고 있을 정도면 충분히 유명하다 할 만했다.

"에드먼드 에어하트(Edmond Earhart)."

나는 이 바람둥이로 유명한 몰락 귀족이 이 수수께끼를 푸는 열쇠가 되어 주기를 간절히 바랐다.

* * *

"그래서……."

아서 코난 도일의 방문을 받고, 일단 글을 한번 봐 달라는 그의 요구에 나는 크게 놀랄 수밖에 없었다.

이거, 〈빈집의 모험〉 맞지? 그런데 왜 이렇게 스펙타클해졌나?

솔직히 말해, 원 역사의 〈빈집의 모험〉은 셜록 홈스의 귀환이라는 점을 제외하면 그다지 좋은 소설은 아니었다.

일단 〈얼룩무늬 끈〉 같은 곳에서도 종종 보이던 실수가 유난히 많았고, 셜록이 초반부에서 뜬금없이 등장하는 바람에 죽은 줄 알았던 셜록의 귀환이라는 카타르시스가 많이 죽었다.

솔직히 많이 아쉬운 부분이었지.

하지만 그런 원래 역사의 〈빈집의 모험〉에 반해, 이 소설은 마치 〈바스커빌 가문의 개〉에서 했던 것처럼 클라이맥스까지 홈스 없이 왓슨 혼자 범인을 추적하고, '과거의 인연'에 이어 '홈스에 대한 그리움'을 자연스럽게 끄집어낸다.

게다가, '존 클레이'? 이 피해자, 그 〈빨간 머리 연맹〉에서 등장했던 그놈 맞지? 왕족 주제에 일류 범죄자인 그놈. 런던에서 4번째로 뛰어난 두뇌.

그런 놈이 뜬금없이 피해자로 나타났다는 것과 그 범죄자와 세바스찬 모런이 동시에 소속되어 있었다는 클럽의 등장까지.

이것만으로도 단순한 연쇄 강도 살인 사건이 아니라는 것이 확 느껴지며 독자에게 기대감을 가지게 만들어 줬다.

이것만으로도 충분히 맛있다. 이건 맛없을 수가 없는 전개다.

그런데, 이것만이 전부가 아니다.

그 클럽에서 마침내 접촉하게 되는 사건의 실마리가……

"즉, 〈던브링어〉랑 콜라보레이션을 하자는 말씀이시죠."

에드먼드 에어하트.

내 〈던브링어〉의 주인공이다.

"그렇다네."

아서 코난 도일은 고개를 끄덕였다.

"나는 이 수단이라면, 단순한 〈셜록 홈스〉의 귀환보다 더 큰 화제를 휘몰아칠 수 있을 거라고 확신하고 있네."

"하, 하하."

나는 침을 꿀꺽 삼켰다.

그래, 확실히 효과적인 방법이다. 단순히 〈셜록 홈스〉의 팬들에게만 충격을 주는 게 아니라, 〈던브링어〉의 팬들에게도 충격을 주겠다는 이 발상.

뭐지? 이게 입으로는 싫다, 싫다 하면서도 손으로는 장르문학의 역사에 한 획을 그은 천재이자 거장의 진심인가?

어떻게 이렇게 맛있는 클리셰를 자연스럽게 생각해 냈지?

"물론, 이건 초고지만. 여기서 제대로 쓰려면 자네 허락도 받아야지. 나야 쓰다 보니 자연스럽게 배경을 이쪽에서 쓰는 1894년으로 잡아 두긴 했지만, 자네는 그러지 않지 않나? 영향이 적지 않을 걸세. 이렇게 되면 평소 두루뭉술하게 넘어가던 자네 소설도 연도를 확실하게 잡아야 할 테니까."

"아, 그건 그렇죠."

"그래서 자네에게 허락을 받을 겸, 여기까지만 쓰고 서로 설정을 맞춰보러 온 걸세."

이야…… 이렇게 배려까지 해 주시다니. 역시 제멋대로 갖다 써 놓고는 까이니까 헐록 숌즈라고 슬쩍 고쳐 놓는 개구리와는 차원이 다른 신사력이다.

"어떤가, 해 주겠나?"

"당연히 해야죠."

나는 단박에 말했다.

아니, 솔직히 이걸 어떻게 참아?!

그 셜록 홈스의 에피소드에 내 이야기가 나오게 되는 건데.

그것도 정사로, 심지어 홈스의 귀환이라는 터닝 포인트라 말하기 부족함이 없는 에피소드에!

"그러면, 뒷부분은 아직 안 쓰신 거죠?"

"뭐, 그렇지. 물론 어떻게 써야 할지 플롯은 이미 정해졌지. 몇몇 중요 장면의 원고도 조금은 써 뒀다네."

"혹시 저도 볼 수 있을까요?"

"물론이지, 여기 있네."

"흐음, 흐음……!"

생각대로, 역시나…… 끝내준다.

다만, 아무래도 신경 쓰이는 부분이 있긴 한데…….

"음, 역시 이 부분은……."

"음? 뭔가 문제라도 있나? 어디…… 아, 그거 말이군."

코난 도일은 내 시선을 따라 보며 팍 인상을 썼다.

그도 그럴 게…….

"〈던브링어〉라고 하면 역시 특유의 격투 연출이 포인트지 않나, 그래서 써 보긴 했는데…… 아무래도 좀 화려해서 그런지, 영 맛이 살지 않더군."

대단히 담백하게 쓰여 있는 던블링어의 전투 파트였다.

부활 〈241〉

아서 코난 도일 특유의 논리적인 문체로 쓰여 있는 것은 분명 전문적이고 장면 자체가 확실히 보였지만.

"뭔가 속도감이 부족하긴 하네요."

"음, 역시 그렇지."

단적으로 말하면 정적이었다.

"그래서 사실, 자네의 문체를 따라서 써 보기도 했다네. 하지만……."

"그랬다간 작품 전체의 밸런스가 무너지겠죠."

갑자기 전투 장면에서만 활극 느낌이 나면서 분위기가 확 달라진다.

그래. 마치 극화로 이뤄진 만화 속에 혼자만 얼굴의 반 정도로 커다란 눈망울을 가진 모에 그림의 히로인이 나오는 듯한 느낌이다.

"그래서 이 부분에 대해서도 자네에게 물어보고 싶었다네. 혹시 복안이 없겠나."

그는 그렇게 진지하게 물어보았다.

확실히 이게 콜라보에서 종종 등장하는 문제 중 하나지.

어쩔 수 없이 각각의 작품이 가지고 있는 색과 필체, 그 밖의 여러 가지가 다르기에 생기는 자연스러운 일이다.

그나저나 복안이라…….

"없는 건 아니죠."

"음? 있다고? 정말인가? 그게 대체 뭔가?"
"아, 예. 별건 아닌데요."
내 말에 그는 눈을 크게 뜨며 몸을 앞으로 쭉 내밀었다.
음, 이렇게 극적으로 반응해 주시면 뭔가 말하기 어려운데…….
진짜 별 방법이 아니기도 하고.
"그냥, 안 쓰면 되잖아요."
"응?"
도망치는 건 부끄럽지만 도움이 된다.
원래 작가들은 각기 다른 매력을 가지고 자신만의 장기가 있다.
전투 신을 잘 쓰는 작가가 있다면 못하는 작가도 있고, 러브 신을 잘 쓰는 작가가 있다면 그걸 못 쓰는 작가도 있다.
세상에 같은 사람이 없듯, 이 역시 마찬가지지.
그렇다면, 굳이 자기가 쓰지 못하는 것을 억지로 써야 할 필요가 있을까?
"아시다시피 일단 〈던브링어〉는 홈스가 없는 사이를 메우기 위해서 진행했기 때문에, 일단은 표면상 추리를 표방하긴 했죠."
"음, 그랬지."
"근데 솔직히 말해 추리 파트가 그리 돋보이진 않습니다."

이유는 간단하다. 내가 추리물을 잘 못 쓰기 때문이지.
"그래서 살짝 맛만 보여 줬던 거죠."
"흐음……."
요는 이거다.
장점을 극대화하고, 단점을 최소화하는 것.
모든 면에서 갓-벽한 작품을 쓰면 좋겠지만, 우리가 신도 아니고 어떻게 그러겠나?
그러니 답은 하나다.
장점을 최대한 살리고, 거기서 재미를 끌어내며, 단점 부분을 최대한 줄여서 두루뭉술하게 넘어가는 것.
이런 부분이 취향이 맞지 않은 사람도 있겠지만 어쩔 수 없지.
난 이렇게 배워 왔고 써 왔으며, 이전에 톨스토이가 말해 줬듯 세상 모든 사람이 좋아할 글을 쓸 수는 없으니까.
"자, 그래서. 이걸 이러면 어떨까요?"
"호오…… 이건 또 재밌군. 가만, 그러면 이걸 이렇게 하면 어떤가?"
"바로 그겁니다! 역시 선생님이에요. 그러면, 이게 이렇게 되니까……."
"과연, 그렇군! 훌륭하네, 한슬!"
그렇게 나와 아서 코난 도일의 브레인스토밍이 계속 이어 갔다.

그렇게 이거 붙이고, 저거 붙이고 하다 보니 거의 하루를 잡아먹었고.

"준비됐나, 한슬?"

"물론이죠, 선생님."

그다음 달, 1897년 1월.

〈스트랜드 매거진〉에 나와 아서 코난 도일의 합작, 〈셜록 홈스의 빈집의 모험(The Adventure of the Empty House)〉이 연재되었다.

* * *

탕―!!

"크윽!"

귓가가 뜨겁다. 나는 혀를 차며 몸을 돌렸다.

탕.

눈 깜빡한 사이에 벽돌에 생겨난 구멍을 보며, 나는 이를 악물어야 했다.

런던에 돌아온 뒤, 항상 내 곁을 지켜 주었던 리볼버가 이렇게 얄팍해 보일 수가 없었다.

내가 왜 이 알량한 권총 하나만 믿고 혼자 계단을 올라오겠다고 했을까. 물론 이 당시의 나를 탓하지는 말아 주길 바란다.

나는 목전까지 다가온 죽음의 공포에, 많은 경관이 이

미 저 세바스찬 모런의 '사냥'에 당했다는 것을 잠시 잊고 있었다.

그 대신 그 자리를 채운 것은 또다시 '홈스가 있었다면'이라는 생각뿐이었다.

그가 가진 불가사의한 괴력이나, 런던에서 두 번째로 뛰어날 지능의 문제가 아니었다. 나는 내가 얼마나 많은 용기를 그에게 맡겨 뒀는지 새삼스럽게 깨달았다. 그와 함께라면, 나는 설령 독침 앞에도 당당히 나설 수 있었다.

하지만 지금의 나는…… 그저 저격소총의 볼트액션 소리에도 몸서리를 치는 상이군인에 불과했다. 그리고 세바스찬 모런은, 그런 사냥감의 공포를 너무나 잘 이용하는 사냥꾼이었다.

—오오, 존. 존…… 떨고 있군. 그 다리 너머의 용맹한 군의관이라곤 생각이 들지 않아.

"……모런!"

난 마치 절친한 친구를 만난 것처럼 말하는 모런의 말에 이를 갈았다. 하지만 파이프 너머, 모런은 낄낄거리면서 여전히 뱀과 같은 목소리로 말했다.

—물러가게, 존. 오늘은 돌려보내 주지.

"뭐……?!"

—나는 매우 중요한 성무(聖務)를 행하고 있다네, 존…… 오랜만에 만난 자네와 회포를 풀고 싶은 마음이

없는 것은 아니지만, 그런 건 중요하지 않아…….
"이 살인마가!"
―말조심하게나. 내가 자네를 살려 두고 있는 건 첫째로 자네에게 진 빚이 있어서고, 둘째는 위대하신 그분께서 자네 친구를 매우 마음에 들어 하셨기 때문이야.
'위대하신 그분'?
나는 머리가 쭈뼛 서는 기분이었다. 모런이 이렇게까지 말할 만한 자. 그리고 내 친구.
이 둘을 조합하면, 내 부족한 지식으로도 나올 수 있는 답은 하나뿐이었다.
"모리어티……!"
―자네 덕분이지, 존.
모런이 색색거리며 말했다.
―자네 덕에 군대에서 썩지 않고 런던으로 흘러들어온 덕에, 나는…… 모세가 불타는 떨기나무에서, 사도 요한이 비둘기에서 신의 계시를 받았듯! 위대한 분과 만날 수 있었네. 이루 말할 수 없을 정도로 고마운 일이지!
"맙소사……!"
저 끔찍한 사악을 결합시킨 것이 다름 아닌 나였단 말인가. 나는 충격적인 진실에 아프지 않은 쪽의 다리마저 떨리는 듯했다.
―그러니 돌아가게, 존…… 찬스를 주겠네.
두 계단을 내려가게. 모런이 말했다.

부활 〈247〉

—그러면 나는 더 이상 자네를 쫓지 않겠네.

그의 말은 사실일 것이다. 아무리 가증스러운 자라도, 그 목소리에 담긴 호의가 진실인지 아닌지는 알아볼 수 있었다.

만약, 이대로 돌아간다면 난 살 수 있을 것이다. 저 밑의 경찰들도 함께.

하지만.

"……네놈의 사진을 처음 보았을 때, 내 마음에 가득했던 것은 분노뿐이었다. 하지만 지금, 그 분노는 조금도 느껴지지 않아."

—호오, 그렇다면.

"나에게 있는 것은, 친구에게 배운…… 용기의 투지뿐이다, 모런!"

나는 계단을 올랐다. 모런이 낄낄거리는 소리가 느리게 들려왔고, 그 건너편에서 라이플의 총구가 반짝이는 것이 보였다.

나는 그것을 향해 다시금 믿음직해진 리볼버를 겨누었다. 어차피 내게는 손해가 없는 일이다.

이기면 런던을 구한 것이요, 진다고 해도 친구와 아내가 기다릴 그곳으로 갈 것이 아닌가.

미안하지만 모런, 당신은 나를 죽일 수 없다. 내가 죽을 자리로 당신을 고른 것이다…… 그렇게 생각한 순간이었다.

"이런."

 내가 환청을 듣고 있는 것인가? 하지만 어깨를 당기고 있는 이 마르면서도 억센 팔은 결코 환상도, 환각도 아니었다.

 탕. 맥없이 흉탄이 내가 있던 자리를 스치고 갔지만, 나는 그런 것에는 신경 쓸 겨를이 없었다. 그도 그럴 게.
"자네는 정말 바위처럼 변하지 않는 친구로군."
"자, 자네! 정말, 정말…… 홈스인가!?"
"오랜만일세. 왓슨."
"자, 회포는 나중에 풀게나."
 에드먼드 에어하트? 나는 눈을 깜빡였다. 저자가 왜 여기?
"지금은, 저자가 급하니."
"알겠습니다."
 셜록 홈스와 에드먼드 에어하트.
 두 사람이 앞에 섰다.
 그 순간, 나는 세상에서 제일 안전한 곳에 있었다.

* * *

 고금동서를 막론하고, 창작의 대척점에 있는 것은 모방이 아니다.
 감상이다.

이는 창작이 아웃풋, 감상이 인풋이라고 불리는 데에서도 알 수 있다. 그리고 이들은 동전의 양면처럼 서로가 없으면 존재할 수 없으면서도, 평생 맞물릴 수 없는 관계이기도 하다.

이게 무슨 뜻이냐면.

창작가인 아서 코난 도일과 한슬로 진이 서로를 존중하는 만큼. 아니, 어쩌면 그 이상의 절댓값으로 그 작품의 감상자들인 셜로키언과 한슬리언이 적대하고 있었다는 뜻이었다.

―쳇, 나잇살이나 먹어선 유치한 환상 문학이나 보는 한슬리언 애송이들 주제에……!

―응~ 뭐라고? 감질나게 단편 쪼가리나 보는 셜로키언 틀딱들 얘기라 안 들려!

근본적으로 두 소설이 타게팅하는 대상 연령의 차이가 있던 만큼.

이는 어느 나라, 어느 시대고 당연히 존재하는 세대 간 갈등의 한 단면이기도 했다.

게다가 여기엔, 그럴 수밖에 없었던 오해도 있었으니…….

―〈셜록 홈스〉가 죽고, 그 자리에 한슬로 진을 데려와!? 이게 지금 누구 놀리나!

―재미없기만 해 봐라!!…… 시이발!! 재밌잖아, 제기랄!!

〈던브링어〉의 연재라든가.

—⟨피터 페리⟩가 완결 났다고!? 심지어 한슬로 진이 아파!?

—젠장, 이게 다 셜로키언 놈들 때문이야! 그놈들이 찡찡 거리다가 소설을 너무 많이 써서 일이 이렇게 된 거라고!!

순전히 책임을 돌리려다가 찾은 희생양이 그쪽이라든가.

모름지기 팬덤 간 전쟁이란 게 이런 오해가 켜켜이 쌓이며 역사가 되다가 완성되는 것.

결국 두 팬덤은 서로가 서로의 작품을 읽고 있으면서도, 그것과는 별개로 격렬한 싸움을 이어 가고 있었다.

그런데 그 시기, 이런 무시무시한 떡밥이 떨어진 것이다.

"뭣…… 이!? ⟨셜록 홈스⟩가 재연재된다고!"

"마참내! 아니, 잠깐. 이…… 이거?"

"에드먼드 에어하트? 이거 그거지? ⟨던브링어⟩의 그."

"맙소사. 그 두 사람이 친하다는 소문이 있긴 했지만 이렇게까지 나온다고?"

"코난 도일 그 양반이 최근 오컬트 책을 자주 읽는다던 첩보가 있던데…… 결국 이렇게 된 건가. 안 돼 이러다간 우리의 작은(작은 적 없음) 추리물이 괴이에게 먹혀 버려! 망가져 버린다고!"

대부분의 독자는 환호했으나, 일부는 우려를 표하기도 했다.

부활 ⟨251⟩

물론 정말 일부 극성인 팬들의 반응이긴 했다.

분명 흥미롭고 맛있는 소재임은 확실하지만…… 그들은 양쪽 모두를 읽었기 때문에 더욱 그럴 수 있었다.

양쪽의 색이 무척이나 달랐기 때문.

맛있는 초콜릿과 맛있는 치킨을 합친다고 극상의 요리가 나오는 것이 아니듯, 맛있는 것과 맛있는 것을 합친다고 무조건 재미있는 이야기가 나오는 것도 아니니까.

하지만.

"어…… 이거? 그냥 홈스인데?"

"뭐? 그럴 리가 있나, 잘 봐봐! 그 던브링어가 같이 나오는데 그럴 수 있다고?"

"아니, 에드먼드 에어하트가 나오긴 하는데, 딱히 변신도 안 하는데? 오히려 추리하는 게 맛깔나."

"그럴 리가…… 음."

"쓥, 괜찮은데? 오히려 신선해."

그들의 우려와는 다르게 〈셜록 홈스〉에서 등장한 에드먼드는 그의 원 설정, 바람둥이 한량 귀족이라는 것에 충실했다.

그런 그가 용의자를 조사하기 위해 찾아온 왓슨의 속을 긁어 대고, 등장할 때마다 다른 여인을 옆에 끼고 다니다가 사건을 추리하고 자신은 관계가 없다는 듯 의뭉스럽게 결과를 넘기는 모습은 기존 홈스에서 보지 못했던 새로운 그림이었으니까.

게다가 제일 우려하던 격투 신도 변신은 하지 않고 적당히 정적으로 참여하고 끝나며 꽤 세련된 신사로 연출된 것이다.

마지막 세바스찬 모런을 둘러업고 퇴장하는 모습은 꽤 멋지기까지 했다.

원작의 재미를 지키면서 신선한 바람까지 주다니……!

그 모습에 열광하지 않을 팬은 없었다.

"크으으으!! 협력을 아끼지 않는 런던의 밤의 수호자와 낮의 수호자!"

"틱틱 대면서도 서로를 잘 아는 이 대화가 또 진미로군!!"

"크르르르…… 못 참겠다!"

"부, 부인?! 부인! 다 쓰시면 저도 좀……!"

일종의 더블 주인공의 포지션이었으면서도 철저히 서로의 영역을 존중하고 선을 넘지 않은 것이 주요했던 것이다.

그러면서도 원래 셜록에서 자주 나오지 않던 전투의 모습을 통해서 역동감을 살려 주어, 대적자를 상대한다는 이미지를 더 강하게 심어 주었고.

뒤에 숨어서 정보를 모으며 모리어티가 빈자리를 채우려던 존 클레이의 음모와, 이를 막아 내기 위해 그들을 전부 암살한 세바스찬 모런의 암약에 대해 밝혀내는 등, 사건의 규모나 은밀한 모습이 더욱 강조되었다.

심지어 그 끝에 나오는 것이 귀족가의 범죄 카르텔을

밝히는 것이다 보니, 자연히 흥미진진해질 수밖에.

"허, 셜록이 이럴 수 있던 작품이었단 말인가?"

"이건, 이건 셜록 홈스의 넥스트 레벨이야!"

―자, 그럼 이제 자네는 자네의 자리로 돌아가게. 셜록.

―기묘한 기분이군, 에드먼드. 다신 만날 일 없으면 좋겠다고 생각하면서도―.

―언젠간 만나게 되겠지. 같은 런던에 살고 있으니까 말일세.

그때는 잘 부탁한다면서, 오른손의 장갑을 벗어 건네주고 가로등이 꺼진 런던의 밤거리로 들어가는 에드먼드 에어하트의 모습은.

언젠가 또 다른 콜라보레이션 단편을 기대하지 않을 수 없게 만드는 마력이 있었다.

게다가 그게 전부가 아니었으니.

"크으으으! 이거지! 이게 바로 〈셜록 홈스〉야!"

"역시 최고구먼!!"

"자, 그럼 다음 것은…… 잠깐만, 〈던브링어〉에서도!?"

그리고 같은 호 〈스트랜드 매거진〉에 실린 〈던브링어〉의 내용을 확인한 독자들은 눈을 똥그랗게 뜰 수밖에 없었다.

그것은 다름 아닌, '그 에드먼드 에어하트가 어떻게 셜록 홈스를 라이헨바흐 폭포에서 살렸는가?'에 대한 일종의 프리퀄(Prequel)이었기 때문이다.

―3년 만이군.
―이쪽 이야기가 원래 다 그렇지.

심지어 폭포에서 떨어진 셜록 홈스를 '마침 우연히 스위스를 여행하고 있던' 에드먼드 에어하트가 구해 냈다는 이야기가 담겨 있었다.

게다가 무려 3년 전에 만난 적이 있다고?

―이곳에 찾아온 것이 우연이라고? 그것을 누가 믿을 거라고 생각하시오?

―물론, 믿을 수밖에 없지. 불가능한 가능성을 배제하면, 하나 남은 것만이 진실이다. 그렇지 않은가?

―……왓슨이 나에 대한 글을 너무 많이 쓴 것 같군. 됐소, 좀 나가시오. 분 냄새가 너무 많이 나서 코가 썩을 것 같군.

―하하하! 그럼 푹 쉬시게!!

"크하하하! 하긴, 여성이라면 질색을 하는 그 셜록 홈스가 바람둥이인 에드먼드를 좋아할 리가 없지!"

여기도 마찬가지였다.

셜록 홈스에서 나왔던 문장과 설정들을 최대한 응용하면서 작품으로서의 색이 죽지 않게 만들었다.

셜로키언으로서는 이런 디테일한 하나하나를 살려 주다 보니 무척이나 만족스러웠다.

마치 자신들이 좋아하는 작품에 대한 리스팩이 느껴진다고 해야 할까?

물론 홈스는 다쳐 있는 상황이었기에 그가 가지고 있는 특유의 추리가 빛날 자리는 없긴 했지만…….

─제임스 모리어티의 뒤에는 자네가 알지 못하는 모종의 후원자가 있었지. 아니, 몰라야 한다고 하는 게 맞을 거야.

─당신은 그들을 뒤쫓고 있었단 뜻이오?

─그렇다네. 나도 그들에게 받아 내야 할 빚이…… 아주 많거든.

셜록 홈스에서 나왔던 악인인 모리어티와 여러 사건들의 연결이 무척이나 자연스럽게 연결되어 보다 큰 상상력을 자극했다.

'밤의 금기'라는 설정과 이를 깬 '낮의 범죄 컨설턴트'라는 떡밥은 군침이 돌 수밖에 없었으니.

여태껏 셜록 홈스의 단편에서 간간이 나오던 것들이 하나의 악의 결사라는 것으로 묶이는 모습은 자신이 더듬던 것이 코끼리라는 것을 깨달은 봉사의 마음과도 비슷했다.

물론 한슬리언이라고 만족하지 않았느냐 하면.

─이게 무엇이오?

─20년 전의 강도살인 사건 자료지.

─그건 보면 알겠지만, 이걸 왜.

─피해자들의 이름은 벤자민 에어하트, 그리고 아멜리아 에어하트.

─……그들은.

―내 부모일세.

 전혀 아니었다.

 셜록 홈스가 오랜 시간 떡밥으로만 존재하던 에드먼드 에어하트의 깊은 마음의 상처, 가족을 해친 범인을 찾는 자문을 해 주는 모습을 보며 그는 속이 시원해짐을 느꼈다.

 게다가.

―기어코 여기까지 따라왔군.

―홈스, 그 개 같은 놈은 어디 있지? 녀석만 넘기면 네 목숨은 살려 주겠다.

―하하하하하하!

―뭐가 우습지?

―목숨만은 살려 주겠다라…… 괴물이 아니라 인간에게 그 말을 들으니 더없이 신선하군.

―뭣? 네놈은 설마!?

―변. 신.

 〈셜록 홈스〉의 에드먼드를 보며 충족하지 못했던 시원시원하고 화려한 전투 신까지!

 두 영웅이 번갈아 가면서 활약하는 장면은 두 작품의 특성처럼 완전 다른 맛이 있었고, 그만큼 채워 주는 포인트도 달랐다.

 하지만 분명 그렇게 서로를 상호보완하면서 함께 끌어올려 주고 있다는 것이 명백히 느껴졌다.

 그렇게 해서 정리된 특별 편은.

―주, 주인님……! 위대하신 주인님!!

―모런, 모런, 모런. 불쌍한 나의 충직한 부하여…… 수고했다.

타앙.

잡지의 마지막.

휠체어에 앉아, 옛 부하를 숙청하는 제임스 모리어티의 귀환을 예고(James Moriarty will return)하는 한 페이지로 완전히 끝을 내게 되었다.

"으, 으아아아! 다음 편, 다음 편 어디 있어!!"

"치사하게 진짜, 여기서 이렇게 잡지를 끝내 버리냐!!"

"조지 뉴스는 각성하라!! 〈템플 바〉처럼 너도 〈위클리 스트리트〉를 내라고!!"

물론 한슬로 진의 열정적인 찬성이 있었기에 낼 수 있었던 〈위클리 템플〉과 달리, 아서 코난 도일은 자신에게는 맞지 않는다며 딱 잘라 고개를 저었으니 조지 뉴스로서도 방도는 없었지만.

조지 뉴스는 딱히 실망하지 않았다.

그에게는 굳이 그러지 않아도 매상을 올릴 수 있는 방법이 무궁무진했으니까.

"사장님! 단행본 준비가 완료됐답니다!"

"좋아! 진행시켜!! 이번 기회에 〈던브링어〉 단행본이랑, 〈셜록 홈스〉 장편들도 증쇄해!!"

"사장님! 파이프 회사에서 다시 콜라보레이션 제안이

들어왔습니다!"

"비공개 경매로 입찰 진행해! 지금 이 인기인데 고작 한 놈한테만 덥석 팔겠냐!"

그런 그의 입에서는 정말 오랜만에 함박웃음이 걸렸으니.

단순히 〈셜록 홈스〉의 귀환만으로는 절대 달성할 수 없는, 매출 그래프가 날로 우상향하고 있었다.

"흐흐흐흐!! 이거면, 이거라면……!"

영국에서는 〈템플 바〉도, 왕년의 〈스트랜드 매거진〉도 단 한 번도 찍은 적 없던 역대급의, 전설에나 있는 판매 부수.

100만 부가 눈앞에 있었다.

'가만, 혹시 다른 작가들에게도 이걸 시킨다면?'

그리고 조지 뉸스는 문학을 아는 일류 사업가.

그는 단순히 '셜록 홈스의 귀환'만으로는 이 매출이 나올 수 없다는 것을 알고 있었다.

그것이 아서 코난 도일의 기깔 나기 그지없는 제안, 한슬로 진 명명 '크로스오버(Crossover)'에 있다는 것을 직감했다.

이것을 이어 간다면? 다른 작가들에게도 종용한다면?

그의 눈이 파운드화로 가려지기 시작한다.

하지만.

"……아니야."

그는 이내 고개를 저었다.

마지막 순간에 금욕을 버리고 이성적인 판단을 내린 것이다.

이건 어디까지나 일시적인 이벤트, 많이 해선 독자들도 금방 질릴 게 분명하다.

따라서 그럴 일이 없어야겠지만, 이번처럼 매출이 조금 저조할 때 분위기 전환용으로 가볍게 하는 게 좋겠지.

그렇게 생각하며 아쉽게 어깨를 으쓱이던 그때.

"어, 어째서!! 구원…… 아니, 작가님!!"

"아, 웰스 씨."

"허버트라고 불러 주십시오!! 그리고 대체 왜!! 왜 아서 코난 도일과 그런…… 부러운 일을!!"

"아니, 〈타임 머신〉도 〈모로 박사의 모험〉도 제 글이랑 콜라보레이션을 하기엔."

"그래도 하고 싶습니다! 하게 해 주세요!! 제발!!"

막상 한슬로 진이 의문의 한슬리언에게 애원을 받고 있다는 사실은 알지 못했다.

1897년, 봄이었다.

8장
계관시인

계관시인

"에휴, 진짜 저 양반은."

나는 나도 모르게 몸서리쳤다.

아니, 허버트 조지 웰스 저 양반 원래 극렬 인종 차별주의자 아니었나? 그런 사람이 한번 훼까닥 돌더니만 굉장히 부담스러워졌다.

심지어 신작인 〈모로 박사의 섬〉에서는 주인공을 아시아인 혼혈로 설정하더라니까.

모로 박사가 개조해서 창조한 수인(獸人)들을 '계몽'시켜서 반란을 일으킨다는 그 모습은 가히 충격과 공포였다. 아니, 무슨 러시아 혁명이야?

뭐…… 아직 그건 안 일어났으니 대충 프랑스 혁명을 모티브로 한 거겠지만, 아는 입장에서는 쭈뼛 설 정도였단 말이지.

 아무튼 정말 너무 극적인 변화라서 당황스럽기 그지없긴 하지만.

 "흐으으음. 웰스랑 콜라보라."

 너무 부담스럽다 보니 말 돌리면서 거절하긴 했지만, 지금의 〈타임머신〉이나 〈모로 박사의 섬〉은 콜라보를 하기 생각보다 괜찮은 설정을 가진 작품들인 것은 사실이었다.

 아마 그의 말처럼 〈던브링어〉나 〈딕터 박사의 기묘한 모험〉에서 섞어도 별 무리가 없을 건 분명하겠지.

 하지만 나로선…… 역시 부담스럽단 말이지.

 정확히는 허버트 조지 웰스 '때문이라서'가 아니라, 이미 한번 콜라보를 했는데 바로 이어서 하기가 말이다.

 본디 이러한 콜라보라는 것은 단기적 이벤트기에 재미있는 것이기도 하다.

 서로 다른 색을 가진, 혹은 비슷하지만 디테일이 다른 작품이 섞이는 것에서 오는 신선함을 즐기기 때문이다.

 거듭되면 거듭될 수록 그 신선함도 죽고 '당연한' 것이 되겠지.

 최악의 경우엔 서로의 작품성에 침범하며 양측의 매력을 죽일 수도 있다.

 그런 만큼 무척이나 섬세하게 접근해야 하는 부분이기도 하다.

게다가 저작권이나 수익 분배 문제도 있다.

애초에 설정만을 생각할 때, 크로스오버로서 〈셜록 홈스〉와 교합이 잘 맞을 작품은 〈던브링어〉보단 〈빈센트 빌리어스〉였다. 어쨌든 판타지는 초반부 환생 빼면 최대한 배제되니까.

하지만 아서 코난 도일은 〈던브링어〉를 들고 왔다. 물론 이쪽이 '뽕'의 고점은 더 높다는 이유도 있겠지만, 그 이상의 문제.

즉, 같은 〈스트랜드 매거진〉에서 연재되는 작품인 것도 컸을 것이다.

결국 친분은 친분, 사업은 사업이란 얘기.

나 혼자만 하는 것이 아니라 다른 이들이 얽혀 있는 문제이기에 더더욱 그렇게 따져 봐야 하는 것이다.

콜라보레이션에는 이렇게나 많은 제약이 있다는 얘기다. 괜히 일본 만화나 한국 웹 컨텐츠에서 드문 게 아니다.

뭐, 잘만 구축되면 〈인피니티 사가〉 같은 장대한 서사시환(敍事詩環)을 만들 수도 있긴 하지만, 그건 일단 시운도 좀 따라 줘야 하는 문제고. 결국 각 잡고 중심을 잡을 사람이 필요한 거라.

그러니 허버트 조지 웰스에게는 좀 미안하지만, 댁하고는 좀 나중에 벤틀리 씨하고도 좀 상의를 한 다음에 해 보자고.

생각난 김에 나는 내가 이름 빌려준 다른 작품들이 어떻게 진행되고 있는지 확인해 봤다.

일단 루이스 캐럴과 진행하고 있던 〈아서 왕과 수학의 기사〉는 그럭저럭 끝물이었다.

그래서 진행에 있어서 이런저런 이야기가 많았지.

근본이 아서 왕 설화를 기반으로 하는 작품인 만큼 넣으면 될 것과 아닐 것, 혹은 수정해야 할 것을 따져야 했거든.

음? 아서왕 전설에 그렇게 거를 요소가 뭐가 있냐고?

거 왜 그거 있지 않냐. 성배 탐색이 흐지부지 끝나고, 금프양 랜슬롯이 귀네비어 왕비랑 화끈한 불륜하고 프랑스로 튀어 버리는 그…… 개구리 놈들의 장대한 똥 덩어리.

그대로 모티브를 잡기에는 도저히 '학습 도서'라는 타이틀에 넣기 거시기한 내용이었고, 그렇다고 아예 빼자니 랜슬롯 자체는 기사 문학으로의 인지도도 강했기에…… 그래서 이거 관련으로 루이스 캐럴하고도 머리를 좀 맞대 봤다.

―이, 이거 아무래도 애들 보여 주기는 영, 거시기하지 않, 않은가?

―그야 당연히 최대한 쳐 내야죠. 그…… 기네비어 불륜은 최대한 쳐 내고, 랜슬롯이 로마 황제한테 세뇌당했다고 전개하는 게 어때요?

―으, 으음. 확실히 이후 전개인 로마 원정으로 이어 가려면 그게 제일 적절하겠군.

　에휴, 도대체 막장 드라마 좋아하는 프랑스 놈들의 빌어먹을 가필(加筆) 때문에 이게 무슨 꼴이냐.

　물론 그렇게 고생한 보람이 있어서, 교회 쪽에서 공격받는 일도 없고 판매량도 꾸준히 나오고 있었다.

　이제는 학습 도서라는 자신만의 영역에서 확실한 자리매김을 하고 있는 듯한 모습.

　덕분에 내 통장에도 든든한 캐시카우 역할을 톡톡히 해 주고 있었다.

　여기에다 마크 트웨인이 테슬라의 조언을 더해, 함께 진행했던 〈꼬마 케빈의 집 지키기〉도 벌써 5권까지 이야기가 나왔다.

　이번에는 무려 캐나다 여행에 갔다가 설원에서 조난당하는 내용이다.

　'어쩌면 얘도 어쩌면 미래에 불행의 아이콘 비스름한 무언가가 되는 게 아닐까? 그건 그거대로 미안하긴 한데.'

　정글에, 산맥에, 사막에…… 정말 많은 곳을 오가고 있지.

　그런 스팩타클함에 반해 미국에서는 아직도 나오는 족족 매진 행렬을 이어 가는 베스트셀러로 자리매김하고 있었다.

마크 트웨인의 편지만 봐도 그가 얼마나 싱글벙글하고 있는지 느껴질 정도.

아직 근본인 무인도가 나오진 않았는데도 이러니, 미래가 무척이나 밝은 작품이기도 했다.

문제는 이렇게 미국에서는 잘나가고 있는데도 불구하고, 영국에서는 〈수학의 기사〉나 〈닥터 박사〉에 비해선 그렇게 큰 반향을 일으키지 못했다.

뭐, 사실 어쩔 수 없긴 하지. 아무래도 미국에 비해 환경 자체가 다양하지 않다 보니 깊은 산속이나 바다, 사막 같은 극한 환경에 대해 제대로 인식하기 어려우니까.

하지만 그게 인기가 없었다는 뜻은 아니다. 되레 와일드한 맛을 좋아하던 미국과는 달리, 한참 내 작품속에 있는 과학 이론을 찾을 때 붐이 되어 독특한 마니아층을 가진 작품으로 거듭나게 되었다.

―호오, 이런 부분은 이렇게 하면…… 아, 연결되었다.
―이것 참, 뭔가 퍼즐을 푸는 듯한 기분이구먼. 호기심을 자극시키는군.

묘하게 어른, 그것도 나이 많으신 분에게 더 인기가 있어서 놀랐지.

내가 생각한 의도와 정반대의 모습에 나 역시도 깜짝 놀랄 수밖에 없었다.

역시 시장을 완전히 예측하는 것은 힘든 일, 이걸로 내심 자만하지 말자며 마음을 다잡을 수 있었지.

어떻게 보면 그래서 근본으로 돌아가서 새 작품을 쓰게 된 걸지도 모른다.

그리고 일이 진행되는 것은 이렇게 서적만이 아니었다.

사보이 극장에서 만든 희곡판 〈피터 페리〉는 영국에서 성공한 다음 바로 프랑스로 수출됐다. 당연히 이걸 수입한 분은 지난번 알폰스 무하 관련으로 인연을 튼 사라 베르나르 여사.

딱히 얼굴을 텄다고 혜택을 준 게 아니라, 그 사라 베르나르가 직접 프랑스에서도 성공할 가능성이 보인다고 인정하고 판권을 사 갔다.

꽤 진심으로 느껴지는 것이, 직접 엘프의 지도자인 하이엘프(High-Elf) 역을 맡겠다고 하는 등, 여러모로 열정이 담겨 있었다.

덕분에 현 프랑스의 기조와 엮여서 공연은 성황을 이루고 있단다.

그리고 한번 성공을 보이자, 이것이 시작으로 다른 나라에서도 이런저런 이야기가 나오고 있는 게 작금의 상황.

독일 쪽으로는 리하르트 슈트라우스가 직접 가져가서 지휘까지 맡아보겠다고 하던데. 흠, 그쪽에선 어떻게 될지 모르겠다.

어쨌든 사보이 오페라 같은 오페레타 유행은 이미 많이 지난 동네이긴 하니까.

아무튼, 이렇게 본업 쪽으로는 이럭저럭 다들 호조.

그렇다면 부업은?

밀러 씨네 화상(畫商)은 여전히 잘 나간다. 다만 이젠 내가 거의 빠져서 그런가 과감한 투자는 최대한 줄이고 밀러 씨 취향의 수집 쪽에 집중하는 형국이었다.

그래도 내가 추천했던 뭉크 등, 미래에서도 유명한 화가들을 위주로 다루고 있는데…….

가끔 밀러 씨가 특유의 센스로 묘한 작품들을 모으려는 경향이 있어서.

'이건 나중에 한 번 이야기해 봐야겠네.'

최근 동양 쪽 물건에 자꾸 관심을 가지신단 말이지. 뭔가 꾸미는 게 있는 거 같은데 그게 뭔지는 잘 모르겠다.

그리고 지금껏 내가 한 일 중에서 투자금이 제일 많이 들어간 엘리엇 철강회사에서는.

"어서 오시죠, 미스터 진!"

"오랜만입니다, 네빌. 잘 지냈죠?"

"아, 잘 지내다뿐이겠습니까?"

네빌 체임벌린의 입꼬리가 귀에 걸렸다.

그 표정과 눈빛이 나와 아서 코난 도일의 콜라보레이션이 팔렸을 때의 조지 뉴스 씨와 똑같은 걸 보니, 확실히.

"성공했군요?"

"그렇습니다! 지금 알루미늄 가격이 거의 kg당 파운드도 아니고, 펜스 단위로 팔리고 있지요!"

얼핏 들으면 취급하는 물건의 가치가 떨어졌단 얘기로 들린다. 그러면 당연히 손해를 보는 게 아닌가? 싶겠지만, 정반대.

원래 이런 BtB 사업은 좀 다른 모양이다.

"거의 모든 부분에서 납이 금속으로 차지하고 있던 위치에 우리 알루미늄이 대체하고 있습니다."

강도 자체는 철에 비해 떨어진다. 하지만 가벼운 금속답게 응용이 무궁무진하고, 가벼운 제품이 흘러가는 레일이나 건축용 새시, 저가형 금형을 비롯해 알루미늄이 쓰일 곳은 무궁무진하다.

"물론 프랑스로 넘어갈 개런티 자체는 아직도 굉장히 많습니다만, 그걸 충분히 커버할 수 있을 정도로 수익이 높습니다. 그만큼 납의 빈자리를 빠르게 채워 가고 있다는 뜻이죠."

"그건 정말 좋은 소식이군요."

"하하, 사업을 진행하려고 하면 왠지 모르게 서류 진행이 아주 빠르게 이뤄지고 있습니다. 하루만에 통과된 적도 있다니까요? 운이 무척 좋았죠."

오, 이런 쪽으로도 운이 따라 주다니.

난 한껏 미소 짓는 그를 바라보며 같이 웃었다. 이대로라면 목표로 했던 것은 금방 이룰 수 있을 거 같다.

"최근에는 납과는 관련이 없는 다른 산업 쪽에서도 우리 쪽에 제안을 많이 하고 있습니다. 예를 들어, 이런 것이 있겠군요."

"이건, 독일 쪽에서 타진해 온 거군요. 자동차라……."

"하하, 네 이번 계약이 체결되면 매출이 더욱 증가할 겁니다."

보기 드문, 하지만 나에겐 익숙한 글자를 오랜만에 봐서 그런지 기분이 싱숭생숭해진다.

확실히 아직 영국은 적기 조례의 영향 때문인지 마차가 더 대세다.

하지만 유럽엔 그런 게 없고, 그중 가장 많이 자동차 산업이 발전하고 있는 곳이 바로 독일.

그러고 보면 차알못인 나도 얼핏 들었던 자동차 회사 중에는 독일이 많다.

푸조. 마이바흐. 메르세데스-벤츠나 폭스바겐은 아직 안 나왔지?

근데 여긴 아직 알루미늄 관련 회사가 없다.

프랑스 쪽에선 보불 전쟁으로 발생한 독일과의 감정 때문에 알루미늄을 수출하지 않는다고 했던가?

그렇다면.

'이거 우리가 전부 먹을 수 있는 거 아닌가?'

마치 미중 갈등 사이에서 아슬하게 껴 있던 덕에 여기저기 팔아먹었던 것처럼.

그렇게 앞으로의 일을 고민하는 사이, 내 눈에 무언가 한 글자가 눈에 들어왔다.

응? 그리고 이건…….

"오토 릴리엔탈(Otto Lilienthal)?"

이 사람, 아직 살아 있어?

* * *

"……송구하옵니다."

작가 연맹 대표, 조지 맥도널드는 떨리는 목소리를 감추지 못했다.

그는 그저 일개 환상 문학 작가였고, 스코틀랜드 출신이자, 아룬델 트리니티 연합 교회에서 보편 교회를 주장하다가 쫓겨난 적이 있는 사람이었다.

즉, 스스로가 단 한 번도.

"여왕 폐하, 다시 한번만 더 옥음을 들을 수 있겠사옵니까."

이런 식의…… 궁중 언어를 실제로 사용할 날이 오리라 예측하지 못했다.

하지만 그 예측을 산산조각 낸 여인, 이 대영 제국의 황제인 빅토리아는 그저 담담하게 말했다.

"듣지 못했는가."

"……송구하옵니다."

"내가 아는 다른 작가와는 다르게 말을 잘 못하는군. 뭐, 그래서 좋을 수도 있겠지."

여제는 한차례 부채를 흔들었다. 그것을 본 버킹엄 궁전의 시종장, 공식적인 여왕의 '입'이 다시 한번 말했다.

"'하느님의 은총으로 그레이트브리튼 아일랜드 연합 왕국의 여왕, 신앙의 수호자, 하노버의—."

"생략."

"……빅토리아 왕립 기사단장이신 빅토리아 여왕 폐하의 이름으로, 작가 연맹의 대표, 런던 시민 조지 맥도널드를."

연합왕국의 계관 시인(Poet Laureate of the United Kingdom)으로 임명한다.

* * *

오토 릴리엔탈.

사실 내가 이 양반을 잘 아는 건 아니다. 다만, 현대에서 영지물을 쓰면서 몇몇 자료를 조사하면서 알게 되었다.

모르려야 모를 수 없더라고.

항공학의 아버지, 세계 최초의 항공기 개발자.

공기 역학적 관점으로 접근하여, 본격적으로 인류가 하늘에 관심 가지게 만든 인물이었으니까.

원래 이쪽이 그렇다. 뭔가 그럴싸한 결과가 나온 다음에야 자본이 투입되어 연구가 진행되거든.

그런 의미에서 보자면, 그의 연구는 이후 대중의 관심과 더불어 수많은 과학자에게 영감을 주었기에 가히 지대하다 할 수 있겠지.

하지만 내가 놀랐던 이유는 다른 데 있었다.

'음? 그나저나 이 사람 아직도 살아 있었나?'

정확히는 모르겠지만, 이 사람…… 이미 죽어 있어야 하는 거 아닌가?

아니, 내가 딱히 사람 죽는 걸 원해서 그리 생각한 것은 아니다.

무슨 원한이 있다고? 다만 내가 그런 생각을 했던 이유는 간단한 추론에 의한 것이었다.

그도 그럴 게 앞으로 몇 년 뒤면 라이트 형제가 인류 최초 동력 비행에 성공한다. 그리고 그들은 오토 릴리엔탈의 죽음으로부터 영감을 받았다고 들었고.

그렇다면 그런 엄청난 연구가 고작 1, 2년 걸리는 건 아닐 테니 당연히 이미 죽어 있어야 하지 않겠냐는 거지.

'반대로 말하면, 오토가 죽지 않았으니까 라이트 형제도 연구를 시작하지 않았을지도 모른다는 건가?'

이거 뭔가 많이 꼬이는 듯한 느낌이 드는데…… 아무튼 흥미가 이는 일이 아닐 수 없었다.

그래서 당장 엘리엇 철강회사의 알루미늄 관련 계약 법인인 〈앨리스와 피터〉 재단 경영 고문 자격으로 그 대리인을 만나 보았다.

그런데 거기서 그가 하는 말이…….
―네? 지금 뭐라고?
―하하. 네, 맞습니다. 작가님께서 쓰신 글을 보고 확 떠오른 거라고 하셨습니다. 마침 복엽기(複葉機)를 시험 중이셨는데 그 축의 강도와 경량화에 고민이 많으셨거든요.
그게…… 내가 쓴 글 때문이었다고 한다.
―그레이스는 자신이 붙잡은 딕터 박사의 어깨 위로, 알루미늄으로 만들어진 프레임과 그 위에 크게 펼쳐진 거대한 천을 보았다. 그레이스는 입을 크게 벌렸다.
―"그, 그건?"
―"행글라이더(Hang Glider)일세."
이 짧은 세 줄.
그 세 줄이 항공학이 막 꽃피고 있던 이 시기에는 더없이 중요한 세 줄이었다고, 오토 릴리엔탈의 대리인은 그렇게 말했다.
―알루미늄, 알루미늄이라! 확실히 잘 만들면 목재와 비등할 정도로 가볍겠군!
―연구해 보니 충분히 그 이상으로 튼튼합니다!
―좋아, 퍼시. 가서 있는 대로 매입해 오게!!
그렇게.
"……그래서 알루미늄 프레임 연구를 시작했다고요?"
"그렇습니다!"

그렇게 원래 잡혀 있던 시험 비행 일정까지 미루고 새로운 연구를 시작했다고 한다.

게다가 이 대리인이라고 온 사람, 알고 보니 이 사람도 보통이 아니었다.

"사실, 제가 그 글을 보여 드렸거든요. 처음엔 많이 놀랐습니다. 제가 개발한 지 1년도 안 된 행글라이더에 대해서 이렇게 자세히 알고 계신 건지…… 분명 작가님도 평상시부터 하늘에 관심이 많으셨겠지요? 동지를 만난 느낌이었습니다. 그래서 꼭 한번 만나서 이야기해 보고 싶더군요."

"아하하……."

퍼시 싱클레어 필처(Percy Sinclair Pilcher).

오토 릴리엔탈의 대리인이라 소개했는데 실은 제자로, 무려 내가 가볍게 〈닥터 박사〉에서 썼던 행글라이더를 만들었던 사람이더라고.

그런 사람이 눈을 반짝이면서 이쪽을 쳐다보는데 무척이나 부담스러웠다.

아니, 저 몰라요. 공기 역학이고 뭐고 모른다고요…….

"하, 하하. 저, 아니 저희 작가님도 비행 성공 기사를 매우 감명 깊게 보셨다고 합니다."

"오, 그런가요? 그럼 언제 한번……."

"네, 의견은 전해 보도록 하죠."

아마 응해 줄 일은 없겠지만!

그래서 난 정체를 숨기고는 적당히 체임벌린 뒤에 숨어서 단순한 경영 고문인 척했다.

그도 딱히 내가 '그' 한슬로 진이라 생각하진 못했는지, 내 대답에 만족하고는 다시 사업적 이야기로 돌아갔다.

"하여튼, 그래서 저희도 목재와 철사를 쓰던 글라이더에서 알루미늄으로 연구 방향을 선회해 보기로 했습니다. 지금쯤 릴리엔탈 선생님께서도 프레임 설계로 머리를 싸매고 계실 거고요. 하하하!"

호탕하게 웃는 필처의 말에 나는 머리를 긁적이며 난처하게 웃을 수밖에 없었다.

일이 이렇게 됐을 줄 누가 알았겠어.

……흠, 가만.

그렇다면?

"그, 필처 씨."

"예. 말씀하시죠."

"불쾌하지 말고 들어 주셨으면 합니다. 혹시, 그…… 동력 비행기 쪽으론 연구하실 생각이 없답니까?"

"동력이요? 아, 〈피터 페리〉에 나온 드워프의 비행기 말씀이십니까?"

"아, 예. 그거요."

그러고 보니 〈피터 페리〉에서도 '드워프의 신기한 발명품'이란 핑계로 대략적인 비행기를 넣었지. 그래서 그걸로 연구해 볼 생각 없냐고 물어보았다.

혹시 이러다가 라이트 형제 대신 내 입김이 닿은 오토 릴리엔탈과 퍼시 필처가 대신 비행기의 아버지가 될 수도 있으니까.

하지만 그는 눈을 깜빡이며 말했다.

"이미 하고 있습니다만?"

"……예?"

"하하, 저희 릴리엔탈 스승님은 사실 발명가이시기도 하거든요. 이미 10년 전이었나, 더 오래됐나…… 하여튼 글라이더에 달 소형 증기 엔진을 개발하셨습니다."

"그것…… 참 고무적이네요."

아니, 그러면 뭐지? 왜 추락한 거야? 정말 소재 때문이었던 건가?

공학에 대해선 1도 모르는 나는 그저 그렇군요, 하고 고개를 끄덕일 수밖에 없었다.

하여튼.

"그러면, 계약해 주셔서 감사합니다! 알루미늄으로 비행에 성공하면 또 연락드리죠!"

"그땐 꼭 저희 엘리엇의 이름도 꼭 넣어 주셔야 합니다. 하하하."

"물론입니다!!"

그렇게 우리와 엘리엇 철강회사는 퍼시 필처의 글라이더 연구소에 알루미늄을 판매하기로 했다.

아니, 설마 이러다가 진짜 라이트 형제가 위인전에서

삭제되는 건가?

'어…… 음…….'

뭔가 말로는 표현하지 못하겠지만 대단히 복잡한 기분이었다.

* * *

"폐하. 부디 거두어 주옵소서."

정신을 차린 조지 맥도널드가 황급히 고개를 숙이며 말했다. 빅토리아 여왕은 그 모습에서 불쾌감과 쾌감을 동시에 느꼈다.

그것은 감히 작가 나부랭이가 그녀의 제안을 거절했다는 불쾌감과, '작가 연합'을 자칭하는 불경한 무리의 수장이 보이는 겸손함이 주는 쾌감이었다.

"소인에게는 지극히 과분한 광영이옵니다."

"뭐, 그렇겠지."

빅토리아는 나른하게 말했다. 단순히 조지 맥도널드가 계관시인(桂冠詩人)에 임명될 인재가 아니라는 뜻만은 아니었다.

계관시인은 유럽의 궁정 문화에서 일국의 문화를 대표하는 시인.

예술의 신 아폴론을 상징하는 월계관(月桂冠)이 괜히 붙은 것이 아니다.

즉, 계관시인이라는 이름이 수여되는 것만으로 그는 그 국가에서 제일가는 시인임을 보증하는 거라 봐도 좋았다.

하나, 그렇다고 하여.

빅토리아 여왕은 엄숙하게 단언했다.

"그대가 염려할 듯하여 말해 두는 거지만, 이것이 그대들 작가 연합이라는…… 불경한 무리를 인정한다는 뜻은 아니다."

그녀는 마치 찬물을 끼얹듯 그리 말했다. 조지 맥도널드는 황급히 고개를 숙였다.

그는 그녀가 하는 말을 너무나 잘 이해하고 있었다.

그도 그럴 것이 근본적으로 계관시인이라는 직위는, 그 왕실의 권위를 높이기 위해 존재하는 것이다.

'이렇게 대단한 시인이 이렇게 대단한 왕실을 이렇게 대단한 시로 찬미해 준다'라는, 쉽게 말해 다이아몬드 같은 장식품이다.

물론, 이전 영국 최고의 시인으로 손꼽히던 앨프리드 테니슨(Alfred Tennyson) 남작처럼 아름다운 조사와 운율을 지배하는 문재(文材)만으로 일개 목사 아들을 귀족 위까지 올리던 경우가 없진 않았으나, 그것은 말 그대로 특이 케이스.

조지 맥도널드는 자신이 그 사례에 속하지 않는다는 것은 그 누구보다 잘 알고 있었다.

되레 그가 걱정하는 것은 다른 것이었다.

'본디 이런 장식품이 필요하지도 않으실 분일 텐데…… 갑자기 무슨 일이지?'

바로, 이 절대자면서 절대자가 아닌 척하는 분이 갑자기 변덕을 부리는 저의였다.

실제로 지난 4년, '알프레드 테니슨을 추모하는 의미에서' 계관시인 자리를 비워 두지 않았던가?

그리고 이후 그에 관해서는 어떤 반응을 하지 않고 방치하고 있었는데 갑자기 이렇게 입명을 하다니.

무슨 심상치 않은 일이 벌어질 것만 같다는 불안감에 휩싸일 수밖에 없었다.

다만. 조지 맥도널드가 깨닫지 못한 것이 하나 있었으니.

그런 그녀에게조차, 가끔은 그 다이아몬드가…… 굉장히 화려해야 할 때가 필요하다는 것이다.

그녀가 나직이 입을 열었다.

"올해가 무슨 해인지는 알 것이다."

"올해라면…… 혹, 폐하."

"그렇다."

다이아몬드 주빌리(Diamond jubilee).

지금 고개를 끄덕이고 있는, 빅토리아 여왕의 60주년을 기념하는 행사가 바로 올해, 1897년 6월 30일에 있었다.

"짐은 이번 축제를 동서고금, 해가 지지 않는 위대한 대영 제국의 이름에 걸맞은 거대한 행사로 진행하고 싶다."

"그러, 하오면."

"한데 아쉽게도 그대를 제외하면 그럴싸한 시인이란 놈이 없더군."

그래서 그대다.

빅토리아는 선고하듯 말했다. 조지 맥도널드는 잠시 그렇게 없나, 고민하다가 저도 모르게 고개를 끄덕일 수밖에 없었다.

앨프리드 테니슨이 계관시인에 임명될 때 경쟁했던 로버트 브라우닝(Robert Browning, 1812~1889)과 엘리자베스 배럿 브라우닝(Elizabeth Barrett Browning, 1806~1861) 부부는 모두 테니슨보다 먼저 사망했다.

앨저넌 찰스 스윈번(Algernon Charles Swinburne)은 확실히 잘 쓰는 사람이긴 하지만…… 금기시되는 동성애, 식인, 피학성애, 반신론(Antitheism)을 아무렇지 않게 다루는 이단 중의 이단이니 논외.

토마스 하디는 스윈번보다는 온건하지만, 정치적으로는 그 못잖게 반골이기도 하고.

앨프리드 오스틴(Alfred Austin)?

그거 정치 쪽으로 생색만 잘 내지 실력은 별 볼 일 없는 정치꾼 아닌가? 심지어 현 여당이 보수당도 아니니, 딱히 그가 설 이유는 없었다.

그래, 그런 상황을 생각해 본다면 충분히 자신이 뽑힐 만도 했다.

다만…… 여전히 그는 이를 물어볼 수밖에 없었다.

"……키플링이 있지 않사옵니까."

"하, 그대들이 그의 이름에 먹칠을 해 놓고? 됐다, 러시아에게 무시당한 인간을 세워 봤자 웃음거리만 될 뿐이지."

작년, 톨스토이와 관련된 일에 대해 이미 다 알고 있었다는 이야기.

조지 맥도널드는 성상의 은혜에 감읍해야 할지, 아니면 그 무엇이든 안다는 태도에 두려워해야 할지 알 수 없어 그저 고개를 숙일 뿐이었다.

"아무튼 그러니 그대다."

빅토리아는 입술을 비틀며 말했다.

지난 60년. 이제껏 앉으리라 예상하지도 못했던 왕위, 그리고 제국의 황위에 앉으면서 그녀는 무엇이 사람을 움직이는지 알게 되었다.

그것은 갈증이다.

'목마른 사람이 우물을 판다(臨渴掘井)고 했던가.'

〈던브링어〉였나, 〈빈센트 빌리어스〉였나, 하여간 퍽 마음에 드는 말이었다.

그러니 그녀는 저들을, 왕립 문학회와 작가 연맹을 동시에 목마르게 만들 생각이었다.

스스로 우물을 팔 수 있게 만들도록.

왕립 문학회는 조지 맥도널드에게 계관시인 지위를 '뺏긴' 것으로 생각하고 더 열렬히 계획을 세울 것이다.

작가 연맹은 역이다.

드디어 이쪽의 힘이 올라갔으니 다른 쪽에 빼앗기지 않기 위해서 더욱 필사적으로 움직이겠지.

본디 권위라는 것이 그런 거니까.

딱히 한슬로 진이 속해 있다고 편을 봐주는 게 아니다. 그저 저쪽이 지금은 더 약하니 힘을 더해 경쟁하게 이끄는 것일 뿐.

그렇게 저들이 서로 경쟁할수록 더 좋은 것들이 나올 것이고, 이 나라, 대영 제국의 문학은 더더욱 풍요로워질 것이다.

"그러니, 반론은 더 듣지 않겠다."

대영 제국의 황제가 선고했다.

이에 조지 맥도널드는 고개를 숙였다. 더 이상 말해 봤자 소용이 없음을 그 또한 안 것이다.

"성은이 망극하옵니다."

그러니 그저 한마디를 남기고 물러가는 수밖에 없다.

그렇게, 늙은 시인이 떠나간 자리에서.

빅토리아는 깊은 한숨을 쉬며 무거운 고개로 천장을 보았다.

"시종장."

"예. 폐하."

"리스트에 '그들'이 있는 것은 확실한가?"

"그러하옵니다."

그들.

빅토리아는 슬슬 마음을 정해야 했다.

그곳에서 오는 이들을, 어떻게 대해야 할지.

* * *

한편 작가 협회가 그런 새로운 흐름에 따라가고 있을 즈음.

레프 톨스토이에게 제대로 물을 먹은 이후, 왕립 문학회는 이를 충격으로 받아 들…… 이지는 않았다.

아니, 정확히는 그렇게 인식하지 않으려 했다.

'톨스토이가 잘 쓰는 작가이긴 하지만, 근본적으로 반골에 외국인 작가 아닌가?'

'그런 작자가 뜻대로 움직이지 않을 것은 자명한 일이었다.'

'오히려 그걸 예측하지 못하고 안이한 계책을 짜낸 키플링이 문제인 것이다! 우리 왕립 문학회는 아무런 잘못도 문제도 없다!'

그런 관념이 왕립 문학회에 팽배했다.

특히 이런 것은 왕립 문학회에서 권위를 빌리는 것이

아니라, 오히려 권위를 빌려 주는 자들. 즉, 영국의 문학계 원로들에게 더더욱 강하게 나타났다.

보통은 그런 걸 보고 자기 합리화, 혹은 정신 승리라 부른다.

에고는 소중하니까 어쩔 수 없지.

하지만.

"이게 대체 어찌 된 일이오!"

그들조차 이번 일은 가볍게 넘어갈 수 없었다.

"계관 시인이라니!! 조지 맥도널드에게 계관 시인이라니!!"

"키플링 이자는 일이 이렇게 될 때까지 대체 뭘 하고 있었단 말인가!!"

"당장 가서 따져야 하오!!"

이들은 아직 예술이 귀족의 것이었을 시절을 살던 자들.

그들에게 있어 예술이란 왕에게 인정받는 것이 예술이었고, 그 인정의 정점이 바로 왕이 직접 씌워 주는 월계관.

즉, 계관 시인이었다.

낭만주의의 개파조사, 윌리엄 워즈워스(William Wordsworth)나 앨프리드 테니슨이 실제로 그에 걸맞은 영광을 누린 이들이 아니던가.

그런데 조지 맥도널드. 그 애들이나 좋아할 법한 환상 문학이나 써 대는, 심지어 빨갱이나 다름없는 행보를 보이는 작자가 그런 영광을 누리다니! 도저히 용납할 수 없다!

"그래서."

하지만 정작 왕립 문학회 고문, 러디어드 키플링은 그들의 대표로 찾아온 앨프리드 오스틴을 노려보며 심드렁하게 반론할 뿐이었다.

"어쩌란 겁니까."

"아니, 그러면 계관 시인 자리를 작가 연맹인가 하는 떨거지들에게 빼앗겨 놓고서도 가만히 있을 요량이오?"

"가만히 안 있으면?"

키플링은 깊은 한숨을 쉬었다.

"여왕 폐하께 찾아가서 주청이라도 드려라. 뭐, 그런 말입니까?"

"그, 뭐…… 그 정도는 해야 하지 않겠소?"

키플링은 어처구니가 없다는 듯 헛웃음을 지었다.

"즉, 왕명에 항거하라고?"

"아니. 그, 그게……."

"그리고 진노하신 폐하께서 왕립 문학회를 없애 버리면 완벽하겠군."

이런 철없는 늙다리들 같으니라고.

키플링은 혐오와 경멸을 숨기지 않으며 말했다. 앨프리드 오스틴은 그 모습에 당황한 기색을 숨기지 못하며 답했다.

"아, 아니. 말이 왜 그렇게 되오! 폐하께서 왕립 문학회를 왜……!"

"댁의 시만큼이나 멍청한 소리는 더 듣고 싶지 않소."

어차피 자신이 이런 용도로 채용됐다는 것쯤은 진즉, 알고 있었다.

작가 연맹은 눈에 거슬리는데 높으신 분들이 직접 움직이긴 귀찮으니까 세운 돌격 대장.

이쪽이 적당히 대신 발버둥 치다 일이 잘되면 좋고, 안 되면 이렇게 와서 찡찡대는 그런 역할.

'나이만 먹고 하는 일은 없는 버러지들 주제에.'

그러니 지금도 이렇게 와서 저러는 게 아니겠는가.

애초에 그들 중에서 계관 시인이 될 만한 실력이 있는 자가 있었다면, 이처럼 빼앗기는 게 아닌 앨프레드 테니슨 경이 죽은 4년 전에 진작 그 자리의 뒤를 이었을 것이다.

그래, 그가 이곳에 오기 전에 말이다.

하지만 그때 그러지 못했다는 것부터가, 왕립 문학회의 늙다리들이 무능한 밥버러지라는 것을 방증한다.

'전쟁은 싸우기 전에 이미 승패가 결정 나야 하거늘. 기초적인 전법도 모르는 무뢰배들 같으니.'

어렸을 때부터 장교의 꿈을 가졌던 그로서는 그런 기본도 모르는 작자들이 한심하기 그지없을 뿐.

자신이 그런 암울한 전국 속에서도 나름 승기의 단초를 가져온 명장이라는 사실을 과연 언제가 돼서야 깨닫게 될지…… 아니, 이 정도로 무능하다면 너무 과한 기대일지도.

말 그대로 '의무'조차 다하지 못하는 이들 아닌가.

눈앞의 앨프리드 오스틴이 대표적이었다.

젊었을 땐 나름 괜찮은 시를 썼고, 그 덕에 비교적 빠르게 왕립 문학회에도 들어올 수 있었다지만, 지금 와서 기억되는 그의 시는 거의 없었다.

남은 것은 자연을 찬미한 게 전부인 낡디낡은 산문 목가 하나.

그나마 정치적인 안목은 있는 모양인지, 그럭저럭 보수당과 함께 여기까지 올라왔다지만 그것도 그뿐.

여기까지가 한계다. 뭔가 엄청난 행운이라도 있지 않은 이상, 그의 인생에 더할 수 있는 무언가는 없겠지.

사실상 권력에 기생해 있는, 문학가라 보기 어려운 자를 보며 키플링은 선고하듯 말했다.

"계관 시인 자리는 그다지 중요하지 않소."

"그, 그게 무슨."

"그보다 중요한 건, 여왕 폐하께서 우리 왕립 문학회를 백안시하기 시작하셨다는 것이지."

능력도 없는 주제에 떨어지는 떡고물만 기다리던 누구들 탓에!

키플링은 경멸을 숨기지 않으며 말했다.

"내, 더 이상 그대들의 무능을 목도하고 있지 않을 것이오."

결국 따지면 대중 문학에 속하긴 했던 자신마저 불러와야 했을 정도로 무능한 작자들. 그들이 바로 앨프레드 오스틴과 같은 문학의 구태들이고, 왕립 문학회의 찌든

때였다.

"가, 감히 그대가 하, 하극상을 하겠다는 거요? 다, 다른 회원들이 가만히 있을 것 같으시오?"

새파랗게 질린 얼굴로 소리를 내지르는 오스틴.

그 모습은 왕립 문학회의 원로가 아닌, 차라리 자기 의자를 깔고 앉아 지키려는 듯한 찰스 1세에 가까웠다.

아니, 찰스 1세는 적어도 당당히 사형장으로 걸어갔지만, 이 작자들은 키플링이 직접 그 목에 줄을 걸어 줘야 하리라.

그래서 선언해 주었다.

"―언제부터 왕립 문학회가 그대들의 것이라 착각한 거지?"

그의 그 말과 동시에, 작가들이 우르르 키플링의 방으로 모여들었다.

어니스트 도슨(Ernest Dowson), 헨리 제임스(Henry James), 헨리 뉴볼트(Henry Newbolt), 테오도르 왓츠 던턴(Theodore Watts-Dunton).

하나하나가 왕립 문학회에 들어설 만하거나 아니면 그에 준하는 필력을 가졌던, 그러면서도 작가 협회에는 들어가지 않았던 문학가들.

"그, 그대들은?"

"당신들이 그저 넋 놓고 있을 때 나도 나름 세력을 모았소. 모두 당신들의 무력함에 질린 이들, 내 대업을 도와줄 동지들이지."

"지, 지금 감히 문학회를 전복하려는 속셈이오?"

"하하, 전복? 아니 이것은 원래로 돌리는 것이다."

키플링은 자신 앞에 있는 탁자를 주먹으로 쾅! 내려찍으며 힘 있게 외쳤다.

"우리는 더 이상 당신들 같은 패자(敗者)의 논리에 좌우하지 않겠다. 패자(覇者)로서! 왕립 문학회를 선도할 것이다!"

"히이익!!"

그 모습에 오스틴은 새파랗게 질린 얼굴로 내쫓길 수밖에 없었다.

그 꼴사나운 모습을 보며 동지들과 함께 껄껄 웃은 키플링은, 대담하게 선언했다.

"이젠 내가, 하늘에 서겠다."

이후의 일은, 이미 모두 계획되어 있다.

* * *

무언가가 눌리면 다른 무언가는 떠오르는 게 정상.

왕립 문학회가 초상집 분위기인 반면, 어딘가에서는 잔치가 열렸으니.

당연히 작가 연맹이었다.

"대표님, 축하드립니다!!"

"크으으으!! 계관 시인이라니! 계관 시인이라니!!"
"맥도날드! 맥도날드! 맥도날드!!"

대중은 언제나 특권층의 대척점에 존재하며, 따라서 대중문화는 태생적으로 특권층이 가진 것을 가질 수 없게 설계되었다.

그것은 바로 권위.

게임을 아무리 잘해 봐야 높으신 분들 눈에는 오락실 뽕뽕이며, 만화는 환쟁이 아니면 춘화에, 대중가요는 딴따라다.

물론, 자본주의가 세상을 지배하고 특권 계급이 헌법으로 금지되는 시기가 된다면 혹 모르겠으나 현 19세기 영국은 그런 개념조차 없는 시대.

그 대중문학의 여명기에 작가들은 권위를 멸시하고, 스스로 가장 낮은 곳에 스스로 걸어 들어갔다고 여기면서도…… 권위를 선망하고, 동경했다.

그래서 조지 맥도널드의 계관 시인 임명이 더욱 특별한 것이다.

대중문화의 설계를 깨부수고, 권위와 대중 모두를 잡는 것이 '가능하다'는 것을 증명해 준 첫 사례가 될 수 있으므로.

"허허, 다들 고맙네."

하지만 정작 본인, 조지 맥도널드는 진심으로 기뻐하지 못하고 있는 모양새였다.

그저 가볍게 웃으면서 건배하는 사람들의 잔을 받아 주

는 정도.

물론, 작가 연맹의 작가들은 그것을 그저 노인의 겸손이라고 여겼다.

벼는 익을수록 고개를 숙인다는 말이 쌀 문화권에만 있는 것은 아닐 테니 말이다.

그러니 그가 진짜 불안을 드러낸 것은 파티가 파하고 남은 사람들…… 그러니까, 우리 앞에서였다.

"어떻게들 생각하는가?"

"뭐, 당장 나쁜 일은 아니지 않수."

그렇게 말한 것은 놀랍게도 사회주의자, 그러니까 왕실의 존재를 싫어해야 정상인 조지 버나드 쇼였다.

한바탕의 칩거를 깨고 나온 뒤, 그는 뭔가 한 꺼풀 벗겨진 것 같은 눈치였다. 뭐랄까, 특유의 표독스러움은 줄어들고 좀 더 말이 잘 통하게 됐다고 해야 하나?

"계관 시인 자리가 뭐 그렇게 대단한 자리는 아니었소. 뭐, 글 쓰는 사람들한테야 더없는 영광이지만, 솔직히 말 자체를 처음 들어 보면 먹는 거냐고 보는 민중도 생각보다 많을 게요."

물론, 그렇다고 그 특유의 불손한 게 사라진 건 아니지만.

그리고 그의 뒤를 이어, 아서 코난 도일이 말했다.

"뭐, 그렇게까지 말할 건 아니지만, 그렇다고 여왕 폐하께서 뭔가 우리 작가 연맹에 해코지하시려 한 건 아니란 생각이 듭니다."

"으음. 그렇게 생각하는가?"

"가능성만 따지면 말이지요. 이유는 간단합니다. '그' 다이아몬드 주빌리니까요. 그 조지 3세(1738~1820)조차 이루지 못했던 장기 집권 아니겠습니까."

그런 자리를 빛낼 문학이 없다면, 그건 그거대로 난 무식하게 통치했어요~ 라는 느낌이 되니까.

"그건…… 그렇지."

조지 맥도널드는 두 사람의 말에 비로소 얼굴을 펴며 고개를 끄덕였다.

나 역시, 그를 안심시킬 겸 내 추측을 말했다.

"뭐, 저야 영국인도 아니고 여왕 폐하라는 분에 대해 잘은 모르지만…… 그분도 할머니고, 판타지면 몰라도 동화 같은 건 보시지 않을까요?"

어디의 썰인지는 잘 모르겠지만, 예전에 여왕님이 〈이상한 나라의 앨리스〉를 재밌게 읽고 루이스 캐럴 영감님한테 후속작 쓰면 보내 달라고 했던 적이 있다고 들었다.

근데 우리 눈치를 밥 말아 드신 캐럴 영감님은, 언제나처럼 눈치가 없었고…… 직접 쓰신 대수학 논문을 〈거울 나라의 앨리스〉 대신 보냈단다.

그걸 또 자랑스럽게, 여왕 폐하도 수학에 관심 가져 주셨으면 하는 마음에 보냈다더라.

참, 그 인간답다면 다운 이야기인데…… 아무튼 그것만 봐도 빅토리아 여왕이 문학에 완전 관심이 없진 않다는 증좌는 되겠지.

"그러니까 뭐, 여왕 폐하 취향이 그쪽이다! 생각하시고 시 하나 기깔 나게 쓰는 게 제일 좋지 않을까 합니다."

"흐음. 확실히…… 자네들 이야기를 들으니 조금은 안심이 되는군."

그렇게 영감님은 한결 편안해진 얼굴로 기념식을 위한 시 집필에 들어갔다.

겸사겸사 작가 연맹에서도 몇몇 작가들이 기념 단편을 쓰자는 이야기를 뒤로하며 나는 건물을 빠져나왔다.

아무튼 다이아몬드 주빌리라…… 새삼스럽지만 정말 큰 행사라는 생각은 든다.

예전 축제가 비교되지 않을 정도로 사람들이 들떠 있고 활기가 넘쳤으니까.

나는 그렇게 축제의 분위기에 몸을 맡기며 집으로 걸음을 옮겼다.

그렇게 더 몰 근처를 지나가는 사이.

"……어?"

내 눈에 보여서는 안 될 것이 보였다.

"뭐지? 착시인가? 저게 왜 여기 있어?"

붉은 겉옷에 검은 망건.

그건 누가 봐도 확실하게 알 수 있는 조선의 관복이었다.

9장
고요한 아침의 나라

고요한 아침의 나라

 처음엔 내 눈이 잘못되었다 여겼지만 그럴 리가 있나.
 이래 보여도 순수 100% 네이티브 코리안인데.
 그 왜, 서양인들이야 한국인, 중국인, 일본인을 구분 못 한다고 하지만 우리는 딱 보면 아, 얘 중국인이구나. 얘는 일본인이구나 라는 것을 팍팍 구별하지 않냐.
 그러니 나도 보자마자 알아차렸다. 그때 봤던 사람이 한국…… 아니, 조선인이라는 것을.
 '아니, 조선인이 맞나? 슬슬 대한제국이 나올 때였던가?'
 뭐, 제국이라 봐야 제국(웃음)이고 백성들도 스스로를 조선 사람이라 여기고 있었으니 큰 차이는 없겠지만.
 아무튼 직접 이야기를 한 것도 아니고, 쓱 스쳐 지나간 거긴 하지만 설마 런던에서 조선 사람을 만나리라곤 생각지도 못했기에 당시엔 많이 놀랐다.

"조선이라…… 음, 확실히 명단에 있기는 했네."

"역시 그렇군요."

노퍽 주, 요크 별장(York villa).

안 그래도 마침 조지 왕세손과 만나기로 했던 게 있어서, 겸사겸사 찾은 김에 확인할 겸 물어보았다.

"자네 나라에서도 참가했다니 이것 참 고무할 만한 일이로군. 기대되기도 하고. 자네 나라 사람들은 다들 자네처럼 이야기를 잘 만드나?"

"어, 음. 글쎄요?"

굳이 따지면 예체능이긴 한데, 그중에서도 노래를 잘하는 쪽이죠? 대략 백 하고도 20년은 더 있어야겠지만.

아무튼 그보다는 최근에 비행기 관련된 이야기도 있다 보니, 나로선 이게 내 나비효과인지 아닌지 궁금한 게 더 컸다.

뭐, 내가 한국인이라는 것을 아는 사람은 밀러 씨나 왕세손 각하 정도고, 대부분은 동양인이라는 것조차 모르니 사실상 이번 일은 큰 상관이 없겠지만.

'그럼 원래 이때 왔었다는 건가?'

음…… 이 시기의 조선이라 하면 생각나는 이미지는 쇄국과 여기저기서 쥐어 터지는 개판인 상황뿐이라 쉬이 상상되질 않는다.

뭐, 조선 선비가 '천한 백정의 무덤도 밟지 않는 게 예법인데 다른 나라라 할지라도 어찌 왕의 묘를 밟고 올라갈 수 있냐'며 피라미드 위에 올라가길 거부했다는 썰은 들은 적이 있는데, 그게 이쯤이었던 건가?

그나저나 그럼 궁금한 게 있는데…….

"나라에서 온 사절은 보통 무엇을 하나요?"

와서 뭘 하냐는 거지.

그러자 조지 왕세손은 오히려 나를 어처구니없다는 듯한 시선으로 바라보았다.

"뭘 하냐니. 당연히 우리 할마마마 생신 축하지."

"아니이."

그건 당연히 그렇겠지만서도! 그거 말고 말예요! 외교적으로!

그렇지만 조지 왕세손은 제 마누라, 그러니까 메리 왕세손비가 차려 준 다과를 한 점 집어먹으며 피식 웃을 뿐이었다.

"애초에 내가 그런 거에 관심을 가질 거라고 생각하나?"

"허, 허허."

아니, 그게 차후 왕관을 이어받을 사람이 할 만한 말이라고 생각하세요?

하긴 그러고 보니 왕세손은 원래 정치에서 손 떼시기로 한 분이셨지.

"뭐, 대략적인 경향에 대해서는 말해 줄 수 있지만, 그것도 크게 도움은 안 될 것 같군."

"어째서죠?"

"원래 이런 행사는 철저히 친목과 사교 위주일세. 할마마마께선 굉장히, 음…… 정력적이라 이런 일이라도 정치적으로 움직이려 하실 가능성이 크지만, 대개 실무는 공사관 같은 곳의 뒷방에서 실무진들끼리 알아서 해결한단 말이야."

"흐으으음."

말로는 그리했으면서, 조지 왕세손은 이어서 이런저런 사례를 읊기 시작했다.

대충 파티장에서의 기 싸움이나 위치, 자리에 따른 힘겨루기. 그리고 중요도에 따른 관심사나 서로를 무시하는 법 등.

이러니저러니 해도 봐 온 게 많아서 그런지, 초고위층이나 알 법한 내용들이었고 그것은 상당히 도움이 되었다.

나중에 비슷한 장면이 나오면 써먹어야겠다.

결론은 케바케라는 거.

중요 사신단은 저런 과정을 거치고 이후는 적당히 나라의 멋진 모습을 자랑한 뒤 돌아간다는 듯하다.

"아무튼 조선이란 나라는 자네를 만나기 전까지는 직접 만나 본 적도 없으니 잘 모르겠군. 나보단 오히려 자네가 더 잘 알지 않겠는가?"

"제가 나랏일을 하는 사람도 아니니 거기까지는 모르지요."

어쨌든 멀고 그렇게 중요한 나라가 아닌 조선은 대충 인사한 뒤 런던 관광이나 하고 갈 거 같다는 느낌적인 느낌이다.

하긴, 영국 입장에서 조선이라는 나라의 입지나 위치를 생각해 보면 그렇긴 하지.

군사적, 지정학적으로 중요한 곳이라지만 그건 러시아, 중국, 일본에야 그런 거고.

말 그대로 지구 정반대편에 있는 영국이 신경 쓰기엔 미묘한 구석이 있다. 진짜 세상의 끝이란 느낌이니까.

게다가 조선이 뭐 인구가 많은 것도 아니니 뭔갈 팔아먹기 좋은 곳도 아니지.

게다가 지하자원이라 해 봐야 그 유명한 '표본실'이라는 표현이 있을 정도로 채산성이 크지 않기로 유명하지 않나. 당장 주변 나라들과 비교해도 확연하지.

그런 여러 조건을 생각해 보면 와서 대우를 받는 것만 해도 대단하다는 생각이 들 정도다.

그때 조지 왕세손이 눈을 빛내며 말을 걸어왔다.

"그나저나, 말이 나와서 말인데. 자네 조국에 대해서 더 말을 해 줄 순 있나?"

"흠, 말이요?"

"그래. 어떤 나라인지, 주변엔 뭐가 있는지…… 최근엔 무슨 일이 있었는지. 뭐 대략 그런 것 말일세."

호기심 가득한 눈으로 이쪽을 바라보는 그.

"음…… 조선이라."

요즘 사냥 금지당하셔서 지루하고 궁금한 것은 잘 알겠는데…… 아니, 사실 저도 잘 모르는데요.

왜냐면 전 대한민국 사람이라서 실제로 조선에 살았던 적은 없는지라.

하지만 저런 눈빛을 하고 있는데 그렇게 솔직하게 말할 수도 없는 노릇.

'어디 보자…… 이때 역사가 어땠더라…….'

분명 국사 시간에 배웠는데.

그래서 대충 정리해서 말했다.

"음, 일단 우리나라는 저 동아시아의 엄청 작은 나라거든요. 말 그대로 끝에 있는 곳이죠."

"그건 지도로 확인했네."

"네, 그리고 주변에는 청나라, 일본, 러시아가 있지요."

"음음, 그렇지."

"네, 그래서 그네들이 서로 먹고 싶어서 싸우는 중이죠."

"응?"

그리고 어디 보자, 또 있던 내용들이…….

"아, 일본 자객들이 대궐로 들어와서 왕비를 죽이고. 그래서 거기에 겁먹은 고종, 아니 국왕이 러시아 대사관으로 도망갔던 거 같은데."

을미사변과 아관파천이 있었으니까. 년도는 대략 맞겠지?

"뭐, 뭐라고?"

아, 그 전에 중요한 걸 하나 빼먹었네.

"외세의 경제 침탈에 시달리던 농민들이 봉기했다가 일본에서 들어온 군대들에 진압당하기도 했네요. 그걸 계기로 일본이 한반도 내에서 군사 활동을 시작했었거든요. 그래서 청일전쟁이 조선에서 시작됐었죠."

"어, 어음……."

조선 말하면 빼먹을 수 없는 사건이긴 하지. 이걸로 청일전쟁이 발발했으니까.

그렇게 오랜만에 국사 시간에 배웠던 것들을 머릿속에서 짜내면서 이것저것 설명해 주었다.

하도 오래되어서 뭔가 뒤죽박죽 섞여 있긴 했지만, 이 정도면 충분하겠지.

일단 난 가서 본 적이 없으니 실제로 그때 그대로 일어났는지도 미묘하고.

그리고 그러는 사이 조지 왕세손은 점점 더 말을 잃어갔다.

"후우. 그렇군."

"네, 대충 그런 느낌이네요."

"음, 나로서는 어떤지 잘 상상이 가질 않는다만. 고생이 많았을 거 같군."

"뭐, 작은 나라의 비애죠. 원래 좀, 조선 이전부터도 계속 그래 왔기도 하고요. 언제나 강대국들 사이에 껴 있는 형국이었거든요."

미래도 그러니까, 이건 어찌 보면 일종의 운명이라 봐야 하지 않을까. 발칸 반도도 그런 셈이잖나.

정말 어떻게 할 수 없는 문제기도 하다.

"아, 아무튼. 오늘 이야기는 잘 들었네. 흐, 흥미 있는 내용이었어."

"별말씀을요. 저도 오랜만에 말하는 거라서 간만에 머리가 정리됐네요."

"그, 그렇군. 그럼 원래 우리가 하기로 했던 이야기로 돌아가 볼까?"

"원래 이야기? 아, 그 작품에 관한 이야기 말이지요?"

이런, 너무 잡담에 집중하는 바람에 여기에 온 목적을 까먹을 뻔했네. 어디까지나 일도 겸한 이야기였는데.

그렇게, 묘하게 땀을 많이 흘리는 왕세손과 함께 하던 얘기를 계속 하는 동안.

누군가가 별장을 떠나, 먼저 런던에 도착해 있었다는 것은, 먼 훗날에야 알 수 있었다.

* * *

나라에 망조의 짐승이 횡행한다.

조선국 주 유럽 공사관 겸 특명 전권 공사, 민영환(閔泳煥)은 2년 전, 아니 그 이전부터 그 생각이 머릿속에 떠난 적이 없었다.

짐승의 이름은 일본이요, 그 거죽은 곧 양이(洋夷)의 것이었다.

제대로 된 나라라면 마땅히 그 짐승을 내몰아 원래 살던 궁벽한 섬에 가두어야겠으나, 지금 나라에 그 짐승을 몰아낼 힘이 없다.

'이대로라면 효자왕비(孝慈王妃: 명성황후의 생전 존호)처럼 다 물려 죽는다.'

일본은 능히 그럴 만한 짐승이다. 설령 외세를 끌어들이는 한이 있더라도, 그 짐승을 내몰아야 했다.

민영환은 처음엔 그 외세로 러시아를 점찍었다. 하지만 정작 직접 눈으로 본 러시아는…… 솔직히 말해, 민영환의 눈으로도 조선과 크게 다를 바 없어 보였다.

'분위기가 흉흉했지.'

물론 캐나다, 미국, 영국, 독일을 거쳐 러시아로 갔기 때문에 그렇게 보일 수 있었다.

하지만 그게 아니더라도, 나라 전체에 뒤덮여 있는 특유의 무거운 분위기는 어찌 숨길 방도가 없었다.

그런 민심을 가진 나라가 어찌 우리 조선을 도울 수나 있을까. 의문밖에 생기지 않는다.

이제라도 줄을 갈아타야 한다. 그렇다면 어디인가.

이제 겨우 두 번, 세상을 돌며 눈을 뜨고 있는 민영환이었지만, 그 답은 명확했다.

세계에서 제일 부강한 나라, 대영 제국이다. 만약 그들의 보호를 받을 수만 있다면, 최소한 조선의 국체는 확실하게 보존할 수 있을 터였다.

그것이 그가 이곳에 온 이유기도 했다.

하지만.

'이건 글렀군.'

그는 파티장에서 주변에서 쏟아지는 눈빛을 받으면 그리 생각했다.

강대국이라는 이름에 어울리게 여왕의 탄생연은 화려하고 수많은 나라의 사람들이 모여 있었다.

그가 보기엔 세상의 모든 나라가 다 모여 있다고 생각될 정도였다.

그래서 처음에는 이리저리 다니면서 말을 걸며 이야기해 보려고 했다.

하지만 그 결과는 처참했다.

"〈허, 그러면 이번 더비는 구빈스가 가져갔다는 얘기군요?〉"

"〈그렇소. 참으로 명승부였지! 참으로 아쉬웠소!〉"

"〈하하, 프림로즈 백작도 참 아쉽겠어요.〉"

화려하기 그지없는 파티.

형형색색의 의복.

달고, 기름지고, 풍족하기 그지없는 음식들.

조선에서는 꿈도 꾸지 못하는 풍경에, 민영환은 더없이 울적해질 수밖에 없었다.

그가 이 풍경에 녹아들 수 없었기 때문이다.

적당히 이야기하다가 무시를 하거나 아예 받아 주지 않는 경우도 있었다.

딱히 영국민만이 아니다. 이곳에 있는 수많은 다른 나라 사람들도 마찬가지.

이곳이 외국이라 확실하지 않을지 몰라도, 원래 욕은 말이 달라도 알아듣는 법이다. 그 분위기만은 잃어버리지 않기에……

'처참하군.'

알고는 있지만, 그래도 속이 쓰린 것이 사실.

그들에게 있어 조선이란 나라는 '호'나 '불호'가 아니었다. 무(無)였다.

가치를 찾을 수 없고 끼어들면 시간을 낭비하는 영역이었던 것이다.

'어쩔 수 없지. 이것이 현실이다. 어떻게든 할 수 있는 것을 해 보는 수밖에.'

그리 그가 마음먹은 그 순간.

"조선, 전권, 공사이십니까?"

"……허?"

난데없는 조선말이었다. 놀란 민영환이 고개를 돌렸다.

"귀하신 분이 찾으십니다."
"도대체……."
"따라오시지요."
 마치 홀리듯이, 민영환은 그 해군 장교를 따라 발걸음을 옮겼다.

* * *

"대감, 어디로 가는 것입니까?"
"따라와 주시게, 조용히."
 민영환은 장교를 따라 한참을 걸었다. 옆에서 역관 김병옥(金秉玉)이 소곤거렸지만, 솔직히 그도 알 수 없었다.
 대체 얼마나 걸어야 하는가, 하는 생각도 들고 내심 속으로 겁도 났다.
 '이럴 줄 알았으면 참서관을 데려올 것을 그랬나.'
 설마 저에게 해코지할 일이야 없다지만, 그래도 이런 침묵이 불편한 것은 어쩔 수 없는 사실이었다.
 그렇게 한참을 말이 없이 화려하기 그지없는 기나긴 복도를 지난 어느 순간, 장교가 무어라 말하며 문을 열었다.
"그, 대감. 이곳이라고 합니다."
"으음."

통역해 준 김병옥의 말에 고개를 끄덕인 민영환은 열리는 문 안으로 천천히 들어갔다.

그리고.

"〈그대가 조선의 사신인가?〉"

그곳엔 황금 관을 쓰고 있는, 은발의 노부인이 조금 높은 자리에 앉아 기다리고 있었다.

고작 세 계단 정도 위에 있는 의자에, 앉아 있는 이의 키도 그리 크지 않다.

하지만 전체를 금(金)과 적(赤)으로 장식된 방은 들어서는 이를 주눅 들게 만들었으며,

이에 지지 않는 분위기를 품기는 그녀의 모습에, 그는 자연스럽게 눈을 내리깔았다.

그야말로 왕이기에 가지고 있는 위압감. 그것도 야수와 같이 언제든 상대의 숨통을 끊어 버릴 수 있을 같은 패기였다.

'이게 구주제일이라는 나라의 군주인가……!'

최소한 한양의 조정에서는 느껴 본 적이 없는 위압이었다.

그렇게 분위기에 압도되어 있던 민영환은 황급히 정신을 차리고는 옆에 있던 역관과 함께 부복하며 소리쳤다.

"영길리의 황상 폐하를 뵙사옵니다!"

"〈브, 브리튼의 여왕 폐하를……!〉"

"〈긴말은 하지 않겠다.〉"

고요한 아침의 나라 〈311〉

하나 빅토리아는 심드렁한 목소리로 짧게 끊으며 말했다.
그리고.
"〈묻겠다. 너희 조선은 무엇을 할 수 있느냐?〉"

* * *

며칠 전 런던, 버킹엄 궁전.
"그런 이야기를 했다고."
"예, 폐하. 토씨 하나 틀림없이 완벽히 옮겨 적은 것이옵니다."
"그래."
빅토리아는 골치 아프다는 듯 머리를 괴었다.
이 보고가 사실이라면, 그렇다면.
"설마 도청을 눈치채진 않았겠지?"
그녀는 위정자답게 최악의 수를 먼저 떠올렸다.
하지만 그는 가볍게 고개를 흔들며 답했다.
"그건 아닐 겁니다. 왕세손 각하도 그렇고, 그도 그렇고, 그런 부분에 있어서는 어떠한 정황도 파악된 적이 없었습니다."
"후. 그래."
애초에 그럴 리야 없겠지만, 그래도 직접 들으니 안심이 된다.

하긴, 그 키만 멀대같이 큰 동양인이나 제 손주나 그런 것을 신경 쓸 타입이 아니긴 하지.

하지만 아직 가장 중요한 이야기가 남아 있었다.

"그래서."

빅토리아는 지끈거리는 머리를 부여잡으며 물었다.

"이것은, 진실인가?"

"그래서 외무부의 요원에게 협력을 받아 파악한 자료를 첨부하였사옵니다."

레이스 대위는 고개를 숙이며 말했다. 빅토리아는 고개를 끄덕이며 함께 올라온 보고서를 읽어 내렸다.

이 시기, 빅토리아 여왕을 포함하여 대부분의 영국 정치인들은 당연히 조선에 대해 아는 바가 없다. 그러나, 그건 어디까지나 의사결정 과정에서 조선이 그럴 만한 가치가 없기 때문에 불과하다.

대영 제국의 눈과 귀는 바다를 통해 전 지구상에 뻗어 있으니까.

이제까지는 거의 붕괴 직전에 있는 청과, 그 청을 파먹으면서 러시아를 견제하기 시작한 일본, 그리고 저들의 숙원인 부동항을 얻기 위해 어떻게든 발버둥 치는 러시아까지 뭉쳐 있는 지정학적 특이성.

거기에 더해, 한슬로 진이라는 영국을 대표하는 작가의 고향이라는 특이성이 생긴 탓에 전보다 신경 쓰이게 된 것은 사실이었다.

그래도 아직은 큰 효용이 없었기에 불온한 동향을 감시하는 수준이었는데.

"그래, 모두 진실이란 말이지······."

빅토리아의 아미(蛾眉)가 찌그러졌다.

아, 물론 제3국이 전혀 상관없는 강대국 둘의 전쟁터가 되거나 자국의 민간인을 타국 군인을 데려와서 짓밟는 것 때문이 아니었다.

그런 것쯤이야, 엉망진창으로 돌아가는 정글 같은 국제 정세에서 너무나 흔하디 흔하게 벌어지는 일이었으니까. 약소국이라면 더더욱 그렇다.

하나, 이건 아무리 약소국의 일이라고 하더라도 선을 넘었다.

"······조선의 왕비를 암살한 게 사실이라고?"

"소신도 크게 놀랐사옵니다."

"하."

물론 정치에 정(情)은 사치다. 그녀도 정치를 하면서 수도 없는 사람의 피를 두 손에 묻혀 왔다. 그중에는 영국 국적도 수도 없이 많다.

하지만, 품위(品位)는 필수다.

품위는 그 자체로 약속이고, 신뢰이기 때문이다.

그리고 '푸른 피'는 그 품위의 살아 있는 증거요, 그릇이다.

빅토리아 스스로가 그 '피'가 얼마나 중요한지 보여 주는 산증인 아니던가. 성별보다, 능력보다 중한 것이 혈통.

그렇기에 그녀는 60년 전, 제 삼촌인 윌리엄 3세의 후계자가 될 수 있었다.

그런데 명색이 문명국을 자처한다는 일본이 이웃 국가의 왕가에 적을 올리고 있는 자를 죽였다니.

그것도 명예롭게 Killed In Action(전사)가 아니라, 암살로.

"야만적이군."

그런데 그 외교 판이라는 소꿉 놀이터에서 행한 저들의 품위 없는 행동은, 그보다 더한 것도 할 수 있다는 암시에 다름 아니다.

'아무리 문명화되었다고 해도, 야만인은 어쩔 수 없이 야만인이란 건가?'

눈살을 찌푸리는 빅토리아에게, 레이스 대위는 조심히 아뢰었다.

"일본 공사에 대한 감시를 강화하오리까."

"그리하라."

빅토리아는 고개를 끄덕였다. 여러모로 생각해 볼 게 많아졌다.

당장 그녀와 의회에서 제일 중요하게 여기는 부분 중 하나는, 바로 가상 적국 1호인 러시아의 팽창을 막는 것이다.

청일전쟁 이후의 삼국간섭에 실패하고, 여러 생각을 하

고 있던 입장에선…… 생각지도 못한 변수가 생긴 셈이다.

물론 사견을 국정에 담을 수는 없고, 심지어 그리던 그림을 찢기에는 다소 미묘한 부분이다.

하지만 그렇다고.

'찜찜함을 안고 그대로 진행할 필요도 없지.'

결론은 하나였다. 묻은 얼룩을 그림에 어울리게 덧칠하는 것.

"솔즈베리 백작에게 이 보고서를 넘기고 분석을 명하라."

"어떤 방향으로 분석하라 이르면 되겠사옵니까."

"투자."

해가 지지 않는 제국.

다섯 대양과 여섯 대륙이라는 체스판 위에서 거대한 대국[great game]을 두는 플레이어로서, 빅토리아는 쓸모 있긴 하지만, 더럽혀진 비숍의 플랜 B.

"일본과 비교하여, 우리 대영 제국의 국익에 조선이라는 땅이 얼마나 투자할 가치가 있는지 분석해 보라 명하라."

폰의 승격을 생각하지 않을 수 없었다.

* * *

그리하여 은밀하게 조성된 자리가 다름 아닌 이 자리.

빅토리아가 단독으로 조선의 전권 공사를 만나는 자리가 이루어진 것이다.

그리고 그 물음을 김병옥의 통역을 통해 전해 들은 민영환은…… 머리가 새하얘질 수밖에 없었다.

'무엇을 할 수 있느냐, 고?'

대체 무슨 소리인지 모르겠다.

본래 조선이 해 온 외교는 이런 것이 아니었다.

조선은 중화(中華)의 이인자였고, 중화와 마찰을 빚고 문제가 생기면 생겼지, 스스로의 '가치'를 주장한 적은 단 한 번도 없다.

자기 PR이 필요한 적이 없었던 셈이다.

흡사 지방 유지가 중앙에 처음 발을 디뎠을 때, 듣도 보도 못한 촌뜨기 취급받는 것에 익숙하지 않은 것과 비슷했다.

그래서 빅토리아는 눈에 띄게 실망감을 감추지 못했다.

'야만국이라도 엘리트라면 최소한의 재치 정도는 보여야 할 것 아닌가.'

물론 보고서를 받아, 급히 분석에 착수했던 외무장관, 솔즈베리 후작이 내놓은 분석과 크게 다르지는 않았다.

―지정학적 가치로 볼 때, 조선 반도는 중국에 진출하기에 더없이 안성맞춤이고, 러시아를 견제하기도 좋은 위치이기는 하나, 일본이 조선을 지배할 의사를 보이고

있고, 이를 통해 간접적으로 영향을 미칠 수 있기에 현 정권에 투자할 이유가 없음.

―금, 구리, 무연탄 등 지하 광물 자원이나 콩, 쌀, 인삼 등 농산물의 가치는 충분하나, 이 역시 일본을 통해 간접적으로 수탈할 수 있기에 필요성이 낮음.

―현지 정규군의 낙후성에 비추어 볼 때, 對 러시아 전선에서의 성과는 기대하기 어려우며, 오히려 러시아군에 의해 군제를 재편 중이기에 친러 성향을 보이고 있음. 따라서 오히려 아국을 적대할 개연성도 충분함.

―특히 현 조선의 국왕인 이형(李㷩)은 친 러시아 세력의 수장이며, 전권 공사인 민영환 역시 이 세력의 선봉장으로, 차라리 일본과 같이 확고부동한 친영 국가를 지원하고 조선을 지배하여 서태평양에서의 패권을 간접적으로 투사하는 것이 부득이한 선택지일 것.

'라, 할 수 있으나.'

빅토리아는 말미, 솔즈베리 후작이 레이스 대위의 암시를 눈치채고 추가적으로 적어 놓은 것을 떠올렸다.

―만일 조선이 현재의 친러 정권을 친영 정권으로 자발적으로 교체하고, 일본과 같은 '문명화'에 성공한다면, 동아시아에 제국의 확실한 입지를 세우고 다른 경쟁국들에 비해 우위를 차지할 수 있을 것으로 예상됨.

물론 빅토리아도 알고 있었다.

전제부터가 비현실적이다. 대놓고 국왕이 러시아 공사

관으로 사실상 망명한 것이나 다름없는 나라가, 어떻게 스스로 친영 정권으로 교체된단 말인가.

특히나 그 선봉장이 눈앞의 민영환이라면.

결국 희망을 접어야 하나, 생각했던 생각하던 빅토리아에게, 민영환의 말이 김병옥의 입을 거쳐 통역되었다.

"아라사를 버리고, 청을 들어 바쳐 영길리에 입조 하겠나이다."

"……〈뭐라고?〉"

"그것을 바라시는 것이 아니옵니까?"

민영환은 덤덤히 하지만 진심이 담긴 듯한 진중한 말투로 답했다.

그리고 빅토리아가 눈을 부릅뜨는 것을 보며, 민영환은 자신이 눈치챈 것이 틀리지 않음을 알았다.

방금까지만 해도 그가 절었던 것은 사실이다. 하지만 그건 생각지도 못한 이야기였기에 잠시 당황한 것일 뿐, 그가 무능하기 때문이 아니었다.

조선의 외교 경험이 대단히 편협하긴 했으나, 거기엔 거기 나름의 장점이 있는 법.

조선이 어떤 나라인가?

상국의 눈치를 보는 것만은 못해도 500년 가까이, 고려 때를 포함하면 700년 이상 해 봤으며, 그 정수는 조선의 엘리트인 민영환에게 고스란히 녹아들어 있다.

그리고 민영환은, 빅토리아의 실망과 다른 곳에 말하기

어려운, 굉장히 미약한 예비 지식으로 어떻게든 '정답'을 눈치챘다.

'영길리는 아라사를 대단히 싫어하며, 청나라를 장악하고 싶어한다.'

아직 그의 견문이 부족해서 그런지, 어째서 그런지까지는 명확히 파악하지 못했다.

하지만 아라사를 싫어한다는 것만으로 꽤 많은 것이 설명된다.

게다가 저쪽은 그리 무시 받던, 볼 것도 없는 취급만 당하던 자신을 데려와 이리 이야기를 하고 있었다.

그것도 무려 공식 자리가 아닌, '독대'까지 하면서 말이다.

명확하게 이쪽에 원하는 것이 있지 않은 이상 행하지 않을 행동이다.

'그렇다면 이를 이용하겠다.'

그리고 그렇게 자신이 해야 할 방향성이 정해진 이상, 이쪽은 오히려 그의 주 무대였다.

"조선은 오랫동안 청, 그리고 그 이전의 국가인 명나라와 외교 관계를 맺어 왔으며, 중원의 사정에 밝습니다. 만일 영국이 다시 한번 청에 '진출'하고자 한다면, 아국은 적극적으로 지원할 용의가 있습니다."

"〈말로만은 뭐라도 할 수 있겠지. 그대의 국왕은 러시아 공사관에 망명한 상황이라 알고 있다. 그런데 그게 가능하겠는가?〉"

"예, 물론입니다."

이런 이야기는 원래 자신감이 중요한 법.

그는 딱 잘라서 답했다.

'어차피 아라사는 답이 없다.'

최소한 그가 본 러시아는 마치 풍선처럼 몸을 부풀 뿐, 속으로 썩어 들어가는 순무 같은 존재였다.

실제로 이미 작년, 저들은 차관 도입과 통신 개설도 실패하지 않았나.

그 밖에도 여러 가지 내세울 수 있는 것들이 많이 있었다.

청나라?

청나라는 더더욱 그렇다. 솔직히 처음에 그 청 황제가 피신할 정도로 크게 졌다는 것에 놀라긴 했지만…… 아닌 말로 청은 300년 내내 조선의 원수였으면 원수였지, 명나라처럼 아군이었던 적은 거의 없지 않은가?

시작부터가 삼전도의 굴욕으로 시작한 오랑캐였는데.

민영환은 그렇게 자신의 의견에 고무되어 천천히 'PR'을 시작했다.

현 러시아와 청나라와의 관계, 그리고 아국의 상황에 의한 복잡한 연결고리와 왕의 의중.

그렇기에 영국에서 파고들 부분이 있다는 내용까지.

물론 모든 것을 전하진 않았다. 하지만 긴 시간 이어지는 내용에 빅토리아는 조용히 고개를 까닥이면서 계속해서 들어 나갔다.

그리고 그 이야기가 모두 끝나고 나자.

"〈재미있군.〉"

그리 한마디로 평했다.

빅토리아가 입꼬리를 올렸다. 그녀도 민영환이 온전한 진실을 말하지 않고 있다는 것은 잘 알고 있었다.

'하지만, 전부 거짓말도 아닐 테지.'

어차피 그것만으로 충분하다.

그녀가 원하는 것은, 어디까지나 원래 그리려던 그림에 방해가 되느냐 아니냐에 대한 내용과. 그 그림이 어떻게 다채롭게 꾸며질 수 있느냐에 대한 부분일 뿐.

나머지는 크게 중요한 것이 아니었으니.

애초에 저들이 뭘 하려 한다 해도 이쪽에는 씨알도 먹히지 않으니까.

"〈좋다. 제법 흥미로웠다. 시간 낭비는 아니었군.〉"

"그렇다면……."

"〈하나, 우리의 외교 관례에 '입조'라는 것은 없다.〉"

민영환의 표정이 혼란스럽게 변했다.

'제국'이라고 하면 마땅히 그것이 아니었던가.

빅토리아는 그런 민영환에게 이어 말했다.

"〈솔즈베리 후작을 만나도록.〉"

"예……?"

"〈차관(借款)을 허한다.〉"

"아……!"

감읍하며, 민영환이 고개를 숙였다.

'되었다.'

빚쟁이에게는 빚조차 재산이다. 민영환에게는 영국의 차관이 금액과 관련없이, 매우 관대한 결정이라는 것을 확실히 알 수 있었다.

가보도록. 빅토리아는 문을 턱짓하며 말했다. 민영환과 김병옥은 엉거주춤 일어나며, 안내해 주었던 레이스 대위를 따라 사라졌다.

그 뒤를 보던 빅토리아는 그 밀랍 같은 얼굴에 서서히 미소를 피워 올렸다.

'조선이라.'

생각보다 나쁘지 않군. 그렇게 생각하던 그녀는, 안내를 끝낸 레이스 대위가 황급히 달려오는 것을 보았다.

"무슨 일이냐."

"폐하. 조선의 공사가 제게 사람을 만나고 싶은데 어찌하면 되는지 물어보았습니다."

"솔즈베리 후작 얘기냐?"

"아닙니다. 소설가입니다."

설마. 눈을 깜빡이는 빅토리아를 향해, 레이스 대위는 침잠하여 말했다.

"한슬로 진을 만나 보고 싶다 합니다."

(대영 제국에서 작가로 살아남기 6권에서 계속)

환상이 숨쉬는 공간 파피루스 blog.naver.com/gnpdl7

『아카데미 학생회장으로 살아남는 법』

아카데미 최악의 개망나니 로엔 드발리스
이 빌어먹을 서한부 빌런의 몸에 빙의했다

[아카데미 유니온의 총학생회장직을 졸업까지 유지하십시오.]

역대급 악명을 쌓은 게임 속 캐릭터
모두가 자신이 없어서 포기한 직책
이권 다툼으로 치열하게 다투는 아카데미

단순하면서도 매우 어려운 클리어 조건

'……그렇다고 해도 못 할 건 아니지.'

비밀이 잠든 잠재력 풍부한 육체
고인물로서의 게임 지식과 경험

대륙 역사에 길이 남을 학생회장의 이야기가 시작된다!

아카데미 학생회장으로 살아남는 법

카카오닙스 판타지 장편소설